佐島 勤
Tsutomu Sato
illustration／石田可奈
Kana Ishida
続・魔法科高校の劣等生
メイジアン カンパニー
The irregular at magic high school
Magian Company
6
illustrator assistant／ジミー・ストーン、末永康子
design／BEE-PEE

JN034628

KEYWORDS

達也が手にした、古代遺跡シャンバラの遺物

コンパス

USNAシャスタ山から出土した正八角形の小さな石板。

手の上で想子を注ぎ込むとウズベキスタンのチューダクール湖を指し示した。

月の鍵——白の鍵

チューダクール湖で出土した白い石の円盤。

片面に浮き彫りの意匠が施され、それは国際文化財保護条約のシンボルマーク『平和のバナー』として知られている。

空の鍵——青の鍵

サーマーニー廟付近で出土した青い石の円盤。

『月の鍵』と同様、コンパスと合わせることで、『死者の都(ネクロポリス)』の別名を持つ旧跡、チョル・バクルを指し示す。

日の鍵——黄色の鍵

チョル・バクルで出土した黄色い石の円盤。

『月の鍵』『空の鍵』『日の鍵』の出土した場所と、チベット仏教の聖典『カーラチャクラ・タントラ』に書かれている曼陀羅と合わせることによって、シャンバラの『宝物庫』の場所が示されている。

杖

シャンバラの『宝物庫』で出土した長さ50センチほどの棒。

手触りは木に近く、石英ガラスの真球の宝珠がついている。可視光線を除く如何なる電磁波にも反応せず、X線も磁力線も全て素通りさせてしまう未知の素材でできている。

『宝物庫』の外からシャンバラの遺産にアクセスするためのリモート端末としての機能を備えている。

アン
魔法
元US
日本に
ともに

九島光宣 くどう・みのる
達也との決戦後、水波とともに眠りについた。
現在は水波とともに中軌道上から達也の手伝いをしている。

「杖《ワンド》?」
ェリーナ・クドウ・シールズ
三年。
A軍スターズ総隊長アンジー・シリウス。
化し、深雪の護衛として、達也、深雪と
活している。
司波達
魔法大学三年生
数々の戦略級魔
『最強の魔法師』
メイジアン・ソサエ
カンパニーを立ち

「――お越し召しませ八雷神！

「その杖がシャンバラの遺産なのでしょうか?」
しば・たつや
去師を倒し、その実力を示した
深雪の婚約者。
ティ副代表を務め、メイジアン・
上げた。
司波深雪 しば・みゆき
魔法大学三年。
四葉家の次期当主。達也の婚約者。
冷却魔法を得意とする。
メイジアン・カンパニーの理事長を務める。

世界最強となった兄と
兄へ絶対的な信頼を寄せる妹。
彼らが理想とする社会実現のための一歩を踏み出した時、
混乱と変革の日々の幕が開いた――。

続・魔法科高校の劣等生 メイジアン・カンパニー

The irregular at magic high school
Magian Company

6

佐島 勤
Tsutomu Sato
illustration
石田可奈
Kana Ishida

司波達也《しば・たつや》
魔法大学三年。
数々の戦略級魔法師を倒し、その実力を示した
『最強の魔法師』。深雪の婚約者。
メイジアン・ソサエティの副代表を務め、
メイジアン・カンパニーを立ち上げた。

司波深雪《しば・みゆき》
魔法大学三年。
四葉家の次期当主。達也の婚約者。
冷却魔法を得意とする。
メイジアン・カンパニーの理事長を務める。

アンジェリーナ・クドウ・シールズ
魔法大学三年。
元USNA軍スターズ総隊長アンジー・シリウス。
日本に帰化し、深雪の護衛として、
達也、深雪とともに生活している。

九島光宣《くどう・みのる》
達也との決戦後、水波とともに眠りについた。
現在は水波とともに衛星軌道上から
達也の手伝いをしている。

桜井水波《さくらい・みなみ》
光宣の恋人。
光宣とともに眠りにつき、
現在は光宣と生活をともにしている。

藤林響子《ふじばやし・きょうこ》
国防軍を退役し、四葉家で研究に従事。
2100年メイジアン・カンパニーへと入社する。

遠上遼介《とおかみ・りょうすけ》

USNAの政治結社『FEHR』に所属している日本人の青年。
バンクーバーへ留学中に、
『FEHR』の活動に傾倒し、大学を中退。
数字落ちである『十神』の魔法を使う。

レナ・フェール

USNAの政治結社『FEHR』の首領。
『聖女』の異名を持ち、カリスマ的存在となっている。
実年齢は三十歳だが、
十六歳前後にしか見えない。

アーシャ・チャンドラセカール

戦略級魔法『アグニ・ダウンバースト』の開発者。
達也とともにメイジアン・ソサエティを設立し、
代表を務める。

アイラ・クリシュナ・シャーストリー

チャンドラセカールの護衛で
『アグニ・ダウンバースト』を会得した
非公認の戦略級魔法師。

一条将輝《いちじょう・まさき》

魔法大学三年。
十師族・一条家の次期当主。

十文字克人《じゅうもんじ・かつと》

十師族・十文字家の当主。
実家の土木会社の役員に就任。
達也曰く『巌のような人物』。

七草真由美《さえぐさ・まゆみ》

十師族・七草家の長女。
魔法大学を卒業後、七草家関連企業に入社したが、
メイジアン・カンパニーに転職することとなった。

西城レオンハルト《さいじょう・れおんはると》

第一高校卒業後、克災救難大学校、
通称レスキュー大に進学。達也の友人。
硬化魔法が得意な明るい性格の持ち主。

千葉エリカ《ちば・えりか》

魔法大学三年。達也の友人。
チャーミングなトラブルメイカー。

吉田幹比古《よしだ・みきひこ》

魔法大学三年。古式魔法の名家。
エリカとは幼少期からの顔見知り。

柴田美月《しばた・みづき》

第一高校卒業後、デザイン学校に進学。
達也の友人。霊子放射光過敏症。
少し天然が入った真面目な少女。

光井ほのか《みつい・ほのか》

魔法大学三年。光波振動系魔法が得意。
達也に想いを寄せている。
思い込むとやや直情的。

北山雫《きたやま・しずく》

魔法大学三年。ほのかとは幼馴染。
振動・加速系魔法が得意。
感情の起伏をあまり表に出さない。

四葉真夜《よつば・まや》
達也と深雪の叔母。
四葉家の現当主。

葉山《はやま》
真夜に仕える老齢の執事。

黒羽亜夜子《くろば・あやこ》
魔法大学二年。文弥の双子の姉。
四高を卒業時に、四葉家との関係は公表されている。

黒羽文弥《くろば・ふみや》
魔法大学二年。亜夜子の双子の弟。
四高を卒業時に、四葉家との関係は公表されている。
一見中性的な女性にしか見えない美青年。

花菱兵庫《はなびし・ひょうご》
四葉家に仕える青年執事。
序列第二位執事・花菱の息子。

七草香澄《さえぐさ・かすみ》
魔法大学二年。
七草真由美の妹。泉美の双子の姉。
元気で快活な性格。

七草泉美《さえぐさ・いずみ》
魔法大学二年。
七草真由美の妹。香澄の双子の妹。
大人しく穏やかな性格。

ロッキー・ディーン

FAIRの首領。見た目はイタリア系の優男だが、
好戦的で残虐な一面を持つ。
魔法師が支配する社会の実現のために
レリックを狙っている。

ローラ・シモン

ソーサラーやウィッチに分類される能力を持つ
北アフリカ系の美女。
ロッキー・ディーンの側近兼愛人。

呉内杏《くれない・あんず》

進人類戦線の現リーダー。
特殊な異能の持ち主。

深見快宥《ふかみ・やすひろ》

進人類戦線のサブリーダー。

Glossary
用語解説

一科生のエンブレム

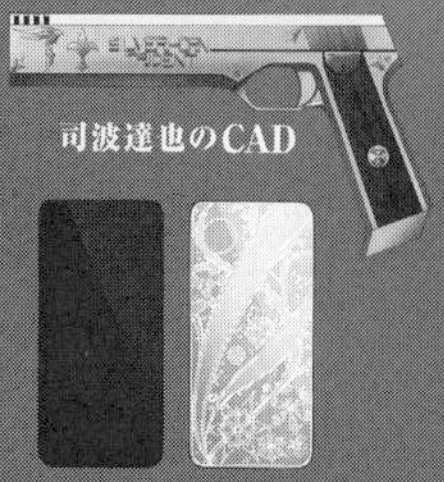

司波達也のCAD

司波深雪のCAD

魔法科高校
国立魔法大学付属高校の通称。全国に九校設置されている。
この内、第一から第三までが一学年定員二百名で
一科・二科制度を採っている。

ブルーム、ウィード
第一高校における一科生、二科生の格差を表す隠語。
一科生の制服の左胸には八枚花弁のエンブレムが
刺繍されているが、二科生の制服にはこれが無い。

CAD〔シー・エー・ディー〕
魔法発動を簡略化させるデバイス。
内部には魔法のプログラムが記録されている。
特化型、汎用型などタイプ・形状は様々。

フォア・リーブス・テクノロジー〔FLT〕
国内CADメーカーの一つ。
元々完成品よりも魔法工学部品で有名だったが、
シルバー・モデルの開発により
一躍CADメーカーとしての知名度が増した。

トーラス・シルバー
僅か一年の間に特化型CADのソフトウェアを
十年は進歩させたと称えられる天才技術者。

エイドス〔個別情報体〕
元々はギリシア哲学用語。現代魔法学において
エイドスとは、事象に付随する情報体のことで、
「世界」にその「事象」が存在することの記録で、
「事象」が「世界」に記す足跡とも言える。
現代魔法学における「魔法」の定義は、エイドスを改変することによって、
その本体である「事象」を改変する技術とされている。

イデア〔情報体次元〕
元々はギリシア哲学用語。現代魔法学においてイデアとは、エイドスが記録されるプラットフォームのこと。
魔法の一次的形態は、このイデアというプラットフォームに魔法式を出力して、
そこに記録されているエイドスを書き換える技術である。

起動式
魔法の設計図であり、魔法を構築するためのプログラム。
CADには起動式のデータが圧縮保存されており、
魔法師から流し込まれたサイオン波を展開したデータに従って信号化し、魔法師に返す。

サイオン（想子）
心霊現象の次元に属する非物質粒子で、認識や思考結果を記録する情報素子のこと。
現代魔法の理論的基盤であるエイドス、現代魔法の根幹を支える技術である起動式や魔法式は
サイオンで構築された情報体である。

プシオン（霊子）
心霊現象の次元に属する非物質粒子で、その存在は確認されているがその正体、その機能については
未だ解明されていない。一般的な魔法師は、活性化したプシオンを「感じる」ことができるにとどまる。

魔法師
『魔法技能師』の略語。魔法技能師とは、実用レベルで魔法を行使するスキルを持つ者の総称。

魔法式
事象に付随する情報を一時的に改変する為の情報体。魔法師が保有するサイオンで構築されている。

魔法演算領域
魔法式を構築する精神領域。魔法という才能の、いわば本体。魔法師の無意識領域に存在し、魔法師は通常、魔法演算領域を意識して使うことは出来ても、そこで行われている処理のプロセスを意識することは出来ない。魔法演算領域は、魔法師自身にとってもブラックボックスと言える。

魔法式の出力プロセス
❶起動式をCADから受信する。これを「起動式の読込」という。
❷起動式に変数を追加して魔法演算領域に送る。
❸起動式と変数から魔法式を構築する。
❹構築した魔法式を、無意識領域の最上層にして意識領域の最下層たる「ルート」に転送、意識と無意識の狭間に存在する「ゲート」から、イデアへ出力する。
❺イデアに出力された魔法式は、指定された座標のエイドスに干渉しこれを書き換える。

単一系統・単一工程の魔法で、この五段階のプロセスを半秒以内で完了させることが、「実用レベル」の魔法師としての目安になる。

魔法の評価基準(魔法力)
サイオン情報体を構築する速さが魔法の処理能力であり、構築できる情報体の規模が魔法のキャパシティであり、魔法式がエイドスを書き換える強さが干渉力、この三つを総合して魔法力と呼ばれる。

基本コード仮説
「加速」「加重」「移動」「振動」「収束」「発散」「吸収」「放出」の四系統八種にそれぞれ対応したプラスとマイナス、合計十六種類の基本となる魔法式が存在していて、この十六種類を組み合わせることで全ての系統魔法を構築することができるという理論。

系統魔法
四系統八種に属する魔法のこと。

系統外魔法
物質的な現象ではなく精神的な現象を操作する魔法の総称。

心霊存在を使役する神霊魔法・精霊魔法から読心、幽体分離、意識操作まで多種にわたる。

十師族
日本で最強の魔法師集団。一条(いちじょう)、一之倉(いちのくら)、一色(いっしき)、二木(ふたつぎ)、二階堂(にかいどう)、二瓶(にへい)、三矢(みつや)、三日月(みかづき)、四葉(よつば)、五輪(いつわ)、五頭(ごとう)、五味(いつみ)、六塚(むつづか)、六角(ろっかく)、六郷(ろくごう)、六本木(ろっぽんぎ)、七草(さえぐさ)、七宝(しっぽう)、七夕(たなばた)、七瀬(ななせ)、八代(やつしろ)、八朔(はっさく)、八幡(はちまん)、九島(くどう)、九鬼(くき)、九頭見(くずみ)、十文字(じゅうもんじ)、十山(とおやま)の二十八の家系から四年に一度の「十師族選定会議」で選ばれた十の家系が『十師族』を名乗る。

数字付き
十師族の苗字に一から十までの数字が入っているように、百家の中でも本流とされている家系の苗字には“『千』代田”、“『五十』里”、“『千』葉”家の様に、十一以上の数字が入っている。

数値の大小が力の強弱を表すものではないが、苗字に数字が入っているかどうかは、血筋が大きく物を言う、魔法師の力量を推測する一つの目安となる。

数字落ち
エクストラ・ナンバーズ、略して「エクストラ」とも呼ばれる、「数字」を剥奪された魔法師の一族。

かつて、魔法師が兵器であり実験体サンプルであった頃、「成功例」としてナンバーを与えられた魔法師が、「成功例」に相応しい成果を上げられなかった為に捺された烙印。

様々な魔法

●コキュートス
精神を凍結させる系統外魔法。凍結した精神は肉体に死を命じることも出来ず、
この魔法を掛けられた相手は、精神の「静止」に伴い肉体も停止・硬直してしまう。
精神と肉体の相互作用により、肉体の部分的な結晶化が観測されることもある。

●地鳴り
独立情報体「精霊」を媒体として地面を振動させる古式魔法。

●術式解散〔グラム・ディスパージョン〕
魔法の本体である魔法式を、意味の有る構造を持たないサイオン粒子群に分解する魔法。
魔法式は事象に付随する情報体に作用するという性質上、その情報構造が露出していなければならず、
魔法式そのものに対する干渉を防ぐ手立ては無い。

●術式解体〔グラム・デモリッション〕
圧縮したサイオン粒子の塊をイデアを経由せずに対象物へ直接ぶつけて爆発させ、そこに付け加えられた
起動式や魔法式などの、魔法を記録したサイオン情報体を吹き飛ばしてしまう無系統魔法。
魔法といっても、事象改変の為の魔法式としての構造を持たないサイオンの砲弾であるため情報強化や
領域干渉には影響されない。また、砲弾自体の持つ圧力がキャスト・ジャミングの影響も撥ね返してしまう。
物理的な作用が皆無である故に、どんな障碍物でも防ぐことは出来ない。

●地雷原
土、岩、砂、コンクリートなど、材質は問わず、
とにかく「地面」という概念を有する固体に強い振動を与える魔法。

●地割れ
独立情報体「精霊」を媒体として地面を線上に押し潰し、
一見地面を引き裂いたかのような外観を作り出す魔法。

●ドライ・ブリザード
空気中の二酸化炭素を集め、ドライアイスの粒子を作り出し、
凍結過程で余った熱エネルギーを運動エネルギーに変換してドライアイス粒子を高速で飛ばす魔法。

●這い寄る雷蛇〔スリザリン・サンダース〕
『ドライ・ブリザード』のドライアイス気化によって水蒸気を凝結させ、気化した二酸化炭素を
溶け込ませた導電性の高い霧を作り出した上で、振動系魔法と放出系魔法で摩擦電気を発生させる。
そして、炭酸ガスが溶け込んだ霧や水滴を導線として敵に電撃を浴びせるコンビネーション魔法。

●ニブルヘイム
振動減速系広域魔法。大容積の空気を冷却し、
それを移動させることで広い範囲を凍結させる。
端的に言えば、超大型の冷凍庫を作り出すようなものである。
発動時に生じる白い霧は空中で凍結した氷や
ドライアイスの粒子だが、レベルを上げると凝結した
液体窒素の霧が混じることもある。

●爆裂
対象物内部の液体を気化させる発散系魔法。
生物ならば体液が気化して身体が破裂、
内燃機関動力の機械ならば燃料が気化して爆散する。
燃料電池でも結果は同じで、可燃性の燃料を搭載していなくても、
バッテリー液や油圧液や冷却液や潤滑液など、およそ液体を搭載していない機械は存在しないため、
『爆裂』が発動すればほぼあらゆる機械が破壊され停止する。

●乱れ髪
角度を指定して風向きを変えて行くのではなく、「もつれさせる」という曖昧な結果をもたらす
気流操作により、地面すれすれの気流を起こして相手の足に草を絡みつかせる古式魔法。
ある程度丈の高い草が生えている野原でのみ使用可能。

魔法剣

魔法による戦闘方法には魔法それ自体を武器にする戦い方の他に、
魔法で武器を強化・操作する技法がある。
銃や弓矢などの飛び道具と組み合わせる術式が多数派だが、
日本では剣技と魔法を組み合わせて戦う「剣術」も発達しており、
現代魔法と古式魔法の双方に魔法剣とも言うべき専用の魔法が編み出されている。

1. 高周波(こうしゅうは)ブレード

刀身を高速振動させ、接触物の分子結合力を超えた振動を伝播させることで
固体を局所的に液状化して切断する魔法。刀身の自壊を防止する術式とワンセットで使用される。

2. 圧斬り(へしきり)

刃先に斬撃方向に対して左右垂直方向の斥力を発生させ、
刃が接触した物体を押し開くように割断する魔法。
斥力場の幅は1ミリ未満の小さなものだが光に干渉する程の強度がある為、
正面から見ると刃先が黒い線になる。

3. ドウジ斬り(童子斬り)

源氏の秘剣として伝承されていた古式魔法。二本の刃を遠隔操作し、
手に持つ刀と合わせて三本の刀で相手を取り囲むようにして同時に切りつける魔法剣技。
本来の意味である「同時斬り」を「童子斬り」の名に隠していた。

4. 斬鉄(ざんてつ)

千葉一門の秘剣。刀を鋼と鉄の塊ではなく、「刀」という単一概念の存在として定義し、
魔法式で設定した斬撃線に沿って動かす移動系統魔法。
単一概念存在と定義された「刀」はあたかも単分子結晶の刃の様に、
折れることも曲がることも欠けることもなく、斬撃線に沿ってあらゆる物体を切り裂く。

5. 迅雷斬鉄(じんらいざんてつ)

専用の武装デバイス「雷丸(いかづちまる)」を用いた「斬鉄」の発展形。
刀と剣士を一つの集合概念として定義することで
接敵から斬撃までの一連の動作が一切の狂い無く高速実行される。

6. 山津波(やまつなみ)

全長180センチの長大な専用武器「大蛇丸(おろちまる)」を用いた千葉一門の秘剣。
自分と刀に掛かる慣性を極小化して敵に高速接近し、
インパクトの瞬間、消していた慣性を上乗せして刀身の慣性を増幅し対象物に叩きつける。
この偽りの慣性質量は助走が長ければ長いほど増大し、最大で十トンに及ぶ。

7. 薄羽蜻蛉(うすばかげろう)

カーボンナノチューブを織って作られた厚さ五ナノメートルの極薄シートを
硬化魔法で完全平面に固定して刃とする魔法。
薄羽蜻蛉で作られた刀身はどんな刀剣、どんな剃刀よりも鋭い切れ味を持つが、
刃を動かす為のサポートが術式に含まれていないので、術者は刀の操作技術と腕力を要求される。

魔法技能師開発研究所

西暦2030年代、第三次世界大戦前に緊迫化する国際情勢に対応して日本政府が次々に設立した魔法師開発の為の研究所。その目的は魔法の開発ではなくあくまでも魔法師の開発であり、目的とする魔法に最適な魔法師を生み出す為の遺伝子操作を含めて研究されていた。

魔法技師開発研究所は第一から第十までの10ヶ所設立され、現在も5ヶ所が稼働中である。

各研究所の詳細は以下のとおり。

魔法技能師開発第一研究所

2031年、金沢市に設立。現在は閉鎖。

テーマは対人戦闘を想定した生体に直接干渉する魔法の開発。気化魔法『爆裂』はその派生形態。ただし人体の動きを操作する魔法はパペット・テロ(操り人形化した人間によるカミカゼテロ)を誘発するものとして禁止されていた。

魔法技能師開発第二研究所

2031年、淡路島に設立。稼働中。

第一研のテーマと対をなす魔法として、無機物に干渉する魔法、特に酸化還元反応に関わる吸収系魔法を開発。

魔法技能師開発第三研究所

2032年、厚木市に設立。稼働中。

単独で様々な状況に対応できる魔法師の開発を目的としてマルチキャストの研究を推進。特に、同時発動、連続発動が可能な魔法数の限界を実験し、多数の魔法を同時発動可能な魔法師を開発。

魔法技能師開発第四研究所

詳細は不明。場所は旧東京都と旧山梨県の県境付近と推定。設立は2033年と推定。現在は封鎖されたこととなっているが、これも実態は不明。旧第四研のみ政府とは別に、国に対し強い影響力を持つスポンサーにより設立され、現在は国から独立しそのスポンサーの支援下で運営されているとの噂がある。またそのスポンサーにより2020年代以前から事実上運営が始まっていたとも噂されている。

精神干渉魔法を利用して、魔法師の無意識領域に存在する魔法という名の異能の源泉、魔法演算領域そのものの強化を目指していたとされている。

魔法技能師開発第五研究所

2035年、四国の宇和島市に設立。稼働中。

物質の形状に干渉する魔法を研究。技術的難度が低い流体制御が主流となるが、固体の形状干渉にも成功している。その成果がUSNAと共同開発した『バハムート』。流動干渉魔法『アビス』と合わせ、二つの戦略級魔法を開発した魔法研究機関として国際的に名を馳せている。

魔法技能師開発第六研究所

2035年、仙台市に設立。稼働中。

魔法による熱量制御を研究。第八研と並び基礎研究機関的な色彩が強く、その反面軍事的な色彩は薄い。ただ第四研を除く魔法技能師開発研究所の中で、最も多くの遺伝子操作実験が行われたと言われている(第四研については実態が不明)。

魔法技能師開発第七研究所

2036年、東京に設立。現在は閉鎖。

対集団戦闘を念頭に置いた魔法を開発。その成果が群体制御魔法。第六研が非軍事的色彩の強いものだった反動で、有事の首都防衛を兼ねた魔法師開発の研究施設として設立された。

魔法技能師開発第八研究所

2037年、北九州市に設立。稼働中。

魔法による重力、電磁力、強い相互作用、弱い相互作用の操作を研究。第六研以上に基礎研究機関的な色彩が強い。ただし、国防軍との結びつきは第六研と異なり強固。これは第八研の研究内容が核兵器の開発と容易に結びつくからであり、国防軍のお墨付きを得て核兵器開発疑惑を免れているという側面がある。

魔法技能師開発第九研究所

2037年、奈良市に設立。現在は閉鎖。

現代魔法と古式魔法の融合、古式魔法のノウハウを現代魔法に取り込むことで、ファジーな術式操作など現代魔法が苦手としている諸課題を解決しようとした。

魔法技能師開発第十研究所

2039年、東京に設立。現在は閉鎖。

第七研と同じく首都防衛の目的を兼ねて、大火力の攻撃に対する防御手段として空間に仮想構築物を生成する領域魔法を研究。その成果が多種多様な対物理障壁魔法。

また第十研は、第四研とは別の手段で魔法能力の引き上げを目指した。具体的には魔法演算領域そのものの強化ではなく、魔法演算領域を一時的にオーバークロックすることで必要に応じ強力な魔法を行使できる魔法師の開発に取り組んだ。ただしその成否は公開されていない。


これら10ヶ所の研究所以外にエレメンツ開発を目的とした研究所が2010年代から2020年代にかけて稼働していたが、現在は全て封鎖されている。

また国防軍には2002年に設立された陸軍総司令部直属の秘密研究機関があり独自に研究を続けている。九島烈は第九研に所属するまでこの研究機関で強化処置を受けていた。

戦略級魔法師

現代魔法は高度な科学技術の中で育まれてきたものである為、
軍事的に強力な魔法の開発が可能な国家は限られている。

その結果、大規模破壊兵器に匹敵する戦略級魔法を開発できたのは一握りの国家だった。

ただ開発した魔法を同盟国に供与することは行われており、
戦略級魔法に高い適性を示した同盟国の魔法師が戦略級魔法師として認められている例もある。

2095年4月段階で、国家により戦略級魔法に適性を認められ対外的に公表された魔法師は13名。

彼らは十三使徒と呼ばれ、世界の軍事バランスの重要ファクターと見なされていた。

2100年時点で、各国公認の戦略級魔法師は以下の通り。

USNA

■アンジー・シリウス：「ヘビィ・メタル・バースト」
■エリオット・ミラー：「リヴァイアサン」
■ローラン・バルト：「リヴァイアサン」
※この中でスターズに所属するのはアンジー・シリウスのみであり、
エリオット・ミラーはアラスカ基地、ローラン・バルトは国外のジブラルタル基地から
基本的に動くことはない。

新ソビエト連邦

■イーゴリ・アンドレイビッチ・ベゾブラゾフ：「トゥマーン・ボンバ」
※2097年に死亡が推定されているが新ソ連はこれを否定している。
■レオニード・コンドラチェンコ：「シムリャー・アールミヤ」
※コンドラチェンコは高齢の為、黒海基地から基本的に動くことはない。

大亜細亜連合

■劉麗蕾（りうりーれい）：「霹靂塔」
※劉雲徳は2095年10月31日の対日戦闘で戦死している。

インド・ペルシア連邦

■バラット・チャンドラ・カーン：「アグニ・ダウンバースト」

日本

■五輪 澪（いつわみお）：「深淵（アビス）」
■一条将輝：「海爆（オーシャン・ブラスト）」
※2097年に政府により戦略級魔法師と認定。

ブラジル

■ミゲル・ディアス：「シンクロライナー・フュージョン」
※魔法式はUSNAより供与されたもの。2097年以降、消息を絶っているが、ブラジルはこれを否定。

イギリス

■ウィリアム・マクロード：「オゾンサークル」

ドイツ

■カーラ・シュミット：「オゾンサークル」
※オゾンサークルはオゾンホール対策として分裂前のEUで共同研究された魔法を原型としており、
イギリスで完成した魔法式が協定により旧EU諸国に公開された。

トルコ

■アリ・シャーヒーン：「バハムート」
※魔法式はUSNAと日本の共同で開発されたものであり、日本主導で供与された。

タイ

■ソム・チャイ・ブンナーク：「アグニ・ダウンバースト」
※魔法式はインド・ペルシアより供与されたもの。

スターズとは

USNA軍統合参謀本部直属の魔法師部隊。十二の部隊があり、
隊員は星の明るさに応じて階級分けされている。
部隊の隊長はそれぞれ一等星の名前を与えられている。

●スターズの組織体系

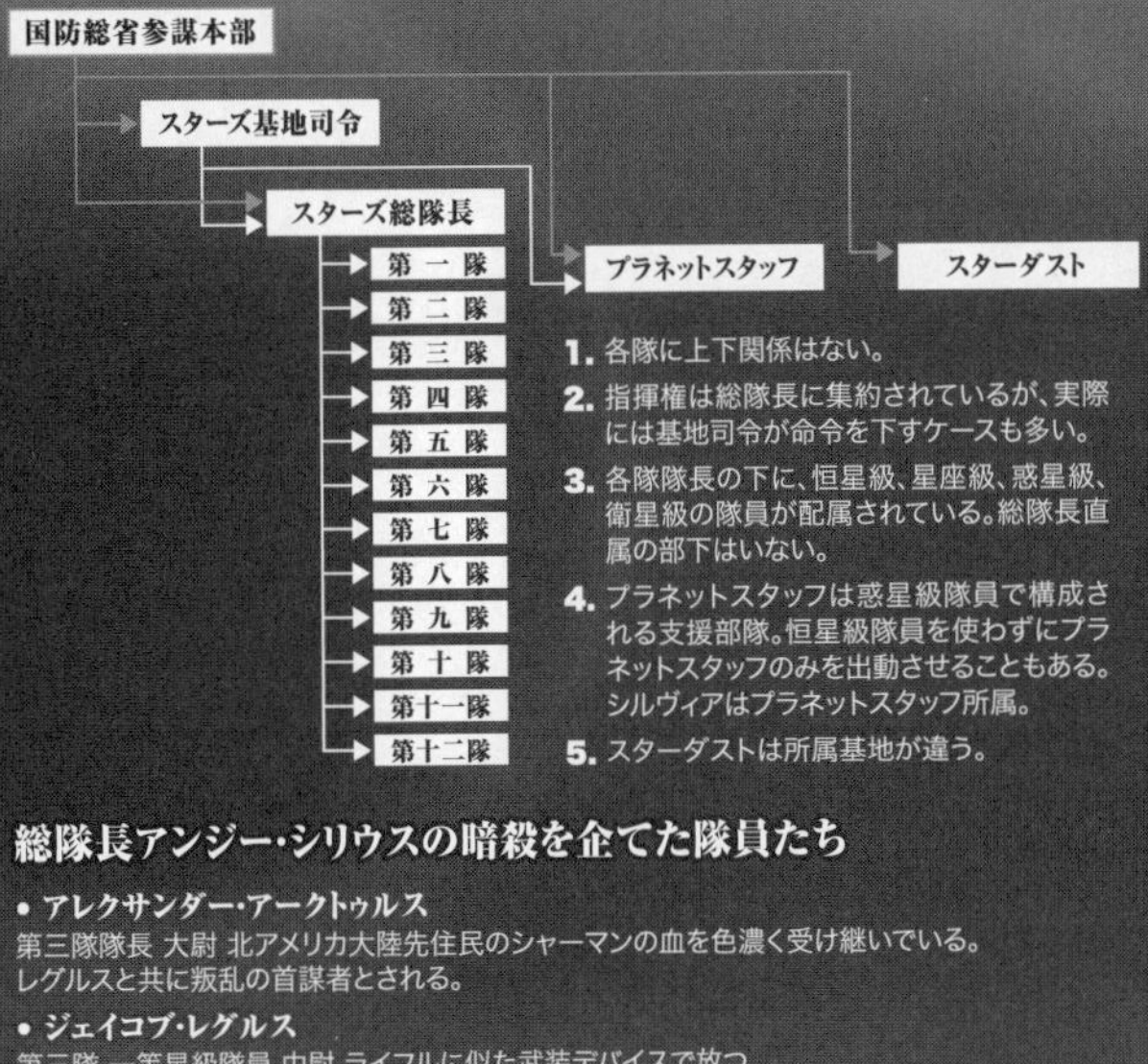

1. 各隊に上下関係はない。
2. 指揮権は総隊長に集約されているが、実際には基地司令が命令を下すケースも多い。
3. 各隊隊長の下に、恒星級、星座級、惑星級、衛星級の隊員が配属されている。総隊長直属の部下はいない。
4. プラネットスタッフは惑星級隊員で構成される支援部隊。恒星級隊員を使わずにプラネットスタッフのみを出動させることもある。シルヴィアはプラネットスタッフ所属。
5. スターダストは所属基地が違う。

総隊長アンジー・シリウスの暗殺を企てた隊員たち

• アレクサンダー・アークトゥルス

第三隊隊長 大尉 北アメリカ大陸先住民のシャーマンの血を色濃く受け継いでいる。
レグルスと共に叛乱の首謀者とされる。

• ジェイコブ・レグルス

第三隊 一等星級隊員 中尉 ライフルに似た武装デバイスで放つ
高エネルギー赤外線レーザー弾『レーザースナイピング』を得意とする。

• シャルロット・ベガ

第四隊隊長　大尉　リーナより十歳以上年上であるが、階級で劣っていることに不満を懐いている。
リーナとは折り合いが悪い。

• ゾーイ・スピカ

第四隊 一等星級隊員 中尉 東洋系の血を引く女性。『分子ディバイダー』の
変形版ともいえる細く尖った力場を投擲する『分子ディバイダー・ジャベリン』の使い手。

• レイラ・デネブ

第四隊 一等星級隊員 少尉 北欧系の長身でグラマラスな女性。
ナイフと拳銃のコンビネーション攻撃を得意とする。

メイジアン・カンパニー

魔法資質保有者(メイジアン)の人権自衛を目的とする国際互助組織であるメイジアン・ソサエティの目的を実現するための具体的な活動を行う一般社団法人。2100年4月26日に設立。本拠地は日本の町田にあり、理事長を司波深雪、専務理事を司波達也が務める。

国際組織として、魔法協会が既設されているが、魔法協会は実用的なレベルの魔法師の保護が主目的になっているのに対し、メイジアン・カンパニーは軍事的に有用であるか否かに拘わらず魔法資質を持つ人間が、社会で活躍できる道を拓く為の非営利法人である。具体的にはメイジアンとしての実践的な知識が学べる魔法師の非軍事的職業訓練事業、学んだことを実際に使う職を紹介する非軍事的職業紹介事業を展開を予定。

FEHR －フェール－

『Fighters for the Evolution of Human Race』(人類の進化を守る為に戦う者たち)の頭文字を取った名称の政治結社。2095年12月、『人間主義者』の過激化に対抗して設立された。本部をバンクーバーに置き、代表者のレナ・フェールは『聖女』の異名を持つカリスマ的存在。結社の目的はメイジアン・ソサエティと同様に反魔法主義・魔法師排斥運動から魔法師を保護すること。

リアクティブ・アーマー

旧第十研から追放された数字落ち『十神』の魔法。個体装甲魔法で、破られると同時に『その原因となった攻撃と同種の力』に対する抵抗力が付与されて再構築される。

FAIR －フェア－

表向きはFEHRと同じく、USNAで活動する反魔法主義者から同胞を守るための団体。

しかし、その実態は魔法を使えない人間を見下し、自分たちの権利のためには暴力を厭わない、魔法至上主義の過激派集団。

秘匿されている正式名称は『Fighters Against Inferior Race』。

進人類戦線

もともとFEHRのリーダーであるレナ・フェールに感銘を受けた日本人が作った反魔法主義から魔法師を守ることを目的としている団体。

暴力に訴えることを否定したFEHRに反して、政治や法が魔法師迫害を止めてくれないのであれば、ある程度の違法行為は必要と考え行動している。

結成時のリーダーが決行した示威行為が原因で、一度解散へと追い込まれたが、非合法化組織として再結集した。

新人類でなく進人類なのは、「魔法師は単に新世代の人類なのではなく、進化した人類である」という自意識を反映したものである。

レリック

魔法的な性質を持つオーパーツの総称。それぞれ固有の性質を持ち、長らく現代技術でも再現が困難であるされていた。世界各地で出土しており、魔法の発動を阻害する『アンティナイト』や魔法式保存の性質を持つ『瓊勾玉』などその種類は多数存在する。

『瓊勾玉』の解析を通し、魔法式保存の性質を持つレリックの複製は成功。人造レリック『マジストア』は恒星炉を動かすシステムの中核をなしている。

人造レリック作成に成功した現在でも、レリックについては未だに解明されていないことが多く存在し、国防軍や国立魔法大学を中心に研究が進められている。

The International Situation

2100年現在の世界情勢

世界の寒冷化を直接の契機とする第三次世界大戦、二〇年世界群発戦争により世界の地図は大きく塗り替えられた。現在の状況は以下のとおり。

USAはカナダ及びメキシコからパナマまでの諸国を併合してきたアメリカ大陸合衆国（USNA）を形成。

ロシアはウクライナ、ベラルーシを再吸収して新ソビエト連邦（新ソ連）を形成。

中国はビルマ北部、ベトナム北部、ラオス北部、朝鮮半島を征服して大亜細亜連合（大亜連合）を形成。

インドとイランは中央アジア諸国（トルクメニスタン、ウズベキスタン、タジキスタン、アフガニスタン）及び南アジア諸国（パキスタン、ネパール、ブータン、バングラデシュ、スリランカ）を呑み込んでインド・ペルシア連邦を形成。

個人が国家に対抗するという偉業を司波達也が成し遂げたため 2100 年に IPU とイギリスの商人の下、スリランカは独立。独立とともに魔法師国際互助組織メイジアン・ソサエティの本部が創設されている。

他のアジア・アラブ諸国は地域ごとに軍事同盟を締結し新ソ連、大亜連合、インド・ペルシアの三大国に対抗。

オーストラリアは事実上の鎖国を選択。

EUは統合に失敗し、ドイツとフランスを境に東西分裂。東西EUも統合国家の形成に至らず、結合は戦前よりむしろ弱体化している。

アフリカは諸国の半分が国家ごと消滅し、生き残った国家も辛うじて都市周辺の支配権を維持している状態となっている。

南アメリカはブラジルを除き地方政府レベルの小国分立状態に陥っている。

【1】鍵

北アメリカ西部のシャスタ山から発掘した八角形の小石板『コンパス』が導いた先には、中央アジアウズベキスタンのチューダクール湖。そこにはシャンバラに関係すると思われる新たな遺物があった。

シャンバラはチベット仏教の聖典『カーラチャクラ・タントラ』に記された伝説の王国の名だ。元々はヒンドゥー教の説話文学に出てくる理想郷だったが、チベット仏教のシャンバラ伝説の方が世界には広く伝わっている。欧米の神秘主義者が追い求めたシャンバラはチベット仏教に自己流の解釈を加えたもので、十九世紀後半に創作された地底世界『アガルタ』と同一視されることも少なくない。

なお神話の類には良くあることだが、ヒンドゥー説話のシャンバラとチベット仏教のシャンバラはその性質が百八十度逆転しているところがある。ヒンドゥー説話は英雄王カルキが正しい身分制度を立て直して秩序ある理想郷を建設すると説き、チベット仏教の聖典は聖王カルキが身分制度を廃止して平等な民の王国を建設すると説いている。

また、ある伝説にはシャンバラ王カルキが強力な兵器を操る無敵の軍団を動員して最終戦争に勝利すると述べられており、二十世紀中葉の狂的な独裁者がシャンバラ探索に乗り出したのはこの兵器が目当てだったのだろう。

達也《たつや》たちがシャンバラの遺跡を探しているのは、ある意味で偶然が積み重なった結果だった。二十世紀の悪名高き二人の独裁者のように超兵器で世界に覇を唱えようという野望を懐《いだ》いたのでもなければ、神秘主義者のように「真理」を求めたのでもない。

――人造レリックを自分たちから盗み出そうとした魔法師犯罪者集団《クリミナル・メイジスト》FAIR《フェア》がアメリカ西海岸で魔法を悪用したテロ事件を起こしたので、魔法師《メイジスト》の社会的評価を守る為《ため》にこれを鎮圧した。それに関連してシャンバラへの地図と思われる遺物を発見し、特定の地点を指し示す魔法的な遺物『コンパス』を発掘した。

テロ事件は魔法的な力を秘めた遺物を利用したものだったので同様の事件を起こさせない為《ため》に、また魔法学的な知識欲を満たす目的でも、自分たちでシャンバラの遺跡を見付けようということになった。――という経緯だった。

その探索の結果、今回手に入れた遺物は白い石の円盤だった。サイズは『コンパス』よりも二回りほど大きい。砂礫《されき》でできた水中の崖に埋もれていたにも拘《かか》わらず、円盤の外形は欠損が無い完全な真円。それどころか表面に微細な引《ひ》っ掻《か》き傷も見当たらない。材質からして、明らかにただの石ではなかった。

もっとも、新しい遺物の表面は真っ平らではなかった。傷は無いが、レリーフが刻まれている。正確に言えば片面に浮き彫り《レリーフ》、反対側の面に凹み彫り《カウンターレリーフ》。

凹《くぼ》み彫りの意匠は八葉蓮華《れんげ》。

浮き彫りの意匠は大円に囲まれた互いに隣接する三つの小円。正三角形に配置された互いに隣接する小円を大きな円で囲むデザインは、現代においては西暦一九三五年に締結されたレーリヒ条約――国際文化財保護条約のシンボルマーク『平和のバナー』として知られているものと同じだった。

だからといって達也《たつや》は、この小さな円盤が二十世紀以降の製作物だとは考えなかった。

国際文化財保護条約を主導しその通称に名前を残しているニコライ・リョーリフ（レーリヒはリョーリフのドイツ語読み）は芸術家としての側面や文化活動以外にも、シャンバラの探求者としても知られている。一般の知名度は芸術分野や文化活動分野のそれには劣るが、シャンバラの謎を解こうとする者たちの間では、二十世紀においてシャンバラに最も近付いた西洋人とも見做《みな》されている。

そのリョーリフの記念館には、『平和のバナー』が古代から存在したシンボルを起源としている、という主張が掲げられている。実際に、互いに隣接する三つの円の意匠は日本でも伊勢《いせ》神宮《じんぐう》の奥や出雲大社《いずもたいしゃ》の遺構で観測することができる。

そうした傍証以外にも、この小さな円盤はシャンバラの遺物だと達也《たつや》が判断する根拠があった。この円盤はレリーフの面を下にして『コンパス』と重ね合わせ想子《サイオン》を注ぐと、わずかな隙間を空けて浮くのだ。単に浮くだけでなく、一定の方向に動き出す。それを目の前で実演して見せられては、深雪《みゆき》もリーナも円盤に刻まれているのは二十世紀に考案された意匠ではなく古代から伝わるシンボルだと認めないわけにはいかなかった。

◇◇◇

達也《たつや》、深雪《みゆき》、リーナ、それに花菱兵庫《はなびしひょうご》を加えた四人は『鍵』——白い石の円盤を彼らの間ではそう呼ぶことになった。言い出したのはリーナで「謎を解く鍵」の意味だ——に導かれて、ブハラ市街地西部の歴史遺産『イスマーイール・サーマーニー廟《びょう》』を訪れていた。

ただ「導かれて」と言っても、一直線に案内されたわけではない。チャンドラセカールから借り受けたキャンピングカーで市街地を走り回りながら、『コンパス』と『鍵』を三回使って地図上でこの場所を特定したのだった。

「……人が多い！」

車を降りてサーマーニー廟《びょう》を歩き回ること三十分、リーナが苛立《いらだ》たしげに不満を漏らした。

「有名な観光地だから仕方がないわよ」

宥《なだ》める深雪《みゆき》も、うんざりした様子を隠し切れていない。

客観的に見れば、彼女たちが暮らしている東京の繁華街に比べれば人の密度は低い。だが種々様々な観光客が放つ、彼らの興奮で活性化した想子《サイオン》がここ一帯に充満して魔法的な探知を妨げていた。

感覚を研ぎ澄ませて遺物の気配を探っている深雪《みゆき》やリーナにとっては、辺り一面に霧が立ちこめているも同然の状態だ。彼女たちが見せた不快感も、故無きものではなかった。

「タツヤ。『コンパス』にも『鍵』にも反応は無いの？」

「反応が弱すぎる。有効な情報とは言えないな」

「ああ、そう……」

脱力した顔で空を仰ぐリーナ。頭上には、彼女の心情とは対照的な青空が広がっている。雲一つない快晴ではなく、言い訳のように一つだけ浮かぶ白い雲が余計にリーナの神経を逆撫《さかな》でする。

「とはいえ、全く反応が無いわけではない。地道に歩き回って反応を探るしかない」

「地道に……」

達也《たつや》が付け加えた言葉に、リーナはさらに脱力した顔で肩を落とした。

「……あの、達也《たつや》様。『コンパス』と『鍵』の、どちらが反応しているのですか？」

深雪《みゆき》の質問は、見ていて気の毒になるくらい気落ちしているリーナの気を紛らわせる為《ため》のものだ。二つの遺物のどちらが助けになるか、本気で気になったわけではない。

「どちらの方が、か」

興味を覚えたのは、むしろ訊《たず》ねられた達也《たつや》の方だった。

達也《たつや》が左右のポケットから『コンパス』と『鍵』を取り出す。

別々にしまっていたのは予期せぬ相互作用で不都合な効果が発生する可能性を引き下げる為《ため》。剝《む》き出《だ》しのままポケットに入れてあったのは何時《いつ》でも取り出せるように、だった。

右手に『コンパス』、左手に『鍵』を持って、達也《たつや》は二、三秒動かずにいた。

「……『鍵』だな」

そして深雪《みゆき》の問い掛けに答えながら、ほんのわずかばかり眉を顰《ひそ》めた。

「達也《たつや》様」

同時に兵庫《ひょうご》の口から出た声には、警告のニュアンス。

「分かっている」

達也《たつや》は頷《うなず》くなどの傍《はた》から見て分かるリアクションをせずに、小声で答えた。

深雪《みゆき》が驚いた素振りも不安そうな素振りも見せず、自然に達也《たつや》の隣に並ぶ。

「何があったのですか？」

そして何気ない表情で達也《たつや》に訊《たず》ねた。

「こちらを探る者がいた」

「ワタシたちを⁉」

深雪《みゆき》と同様、達也《たつや》の回答に耳をそばだてていたリーナが思わず声を上げる。魔法戦闘においては深雪《みゆき》と互角の実力を示すリーナだが、ポーカーフェイスとか愛想笑《あいそわら》いなどの演技力では明らかに深雪《みゆき》より劣っている。

「リーナも深雪《みゆき》も目立つからな」

「お二方とも、大層お綺麗《きれい》ですから」

達也《たつや》と兵庫《ひょうご》が続けざまにナンパなセリフを口にしたのは、言うまでもなくカムフラージュに失敗したリーナのフォローだった。

普段のリーナにこんなことを言えば、余計に目立ってしまうに違いない。だが今のリーナと深雪《みゆき》は、リーナの［仮装行列《パレード》］でそこそこの美女に姿を変えている。「大層お綺麗《きれい》」というフレーズを第三者が聞いても、ありがちなお世辞としか思われないに違いない。

「そ、そんなことないわよ！」

――照れながら早口でリーナが言い返したのは、二人のフォローに便乗したものだと、彼女の名誉の為《ため》に解釈しておこう。

ただその直後に達也《たつや》が深雪《みゆき》の腰を抱き寄せたのは、ナンパの演技ではなかった。

「――視線のターゲットになったのは俺たちというより遺物だ」

目を見開きながらも反射的な声を抑えた深雪《みゆき》の耳元で、達也《たつや》は声を潜めて前《さき》の回答を補足した。

「遺物――『鍵』と『コンパス』ですか⁉」

深雪《みゆき》は達也《たつや》と同じく小声で、ただし、さすがに驚愕《きょうがく》を抑えきれない口調で問い返した。それでも、はにかんだ表情――褒められて羞じらっている表情は崩していない。

「付け加えて言うなら、遺物の正体を知っているような印象だったな」

「……いったい何者でしょうか？」

前述のとおり深雪《みゆき》とリーナは［仮装行列《パレード》］で目立ちすぎない容姿に変身している。達也《たつや》は認識阻害魔法［アイドネウス］で正体を分からなくしてある。単に、国境が緊張状態にある現況の下で外国人に対する警戒を強めているということも考えられた。

だがそれだって、外国人観光客は達也《たつや》たち以外にも大勢いる。だから彼らが監視されているというだけだったなら、偽装を見破られた可能性を含めて理由が気になるところだ。

しかし注意を引いているのが「遺物」だとすれば、監視している者の性質も絞られる。達也《たつや》たち同様にシャンバラを探している者たちか、あるいは探索を妨害する陣営の者か。そのどちらかだろう。どちらにせよ、シャンバラに関する知識を持つ者であることは、ほぼ間違いない。

「関係者だろう。好都合だ」

「達也《たつや》様……？」

達也《たつや》が浮かべた、決して善良とは言えない笑みの意味が分からず、深雪《みゆき》は訝《いぶか》しげに彼を見詰めた。

達也《たつや》が考えていたのはそんなに難しいことではないし、捻《ひね》ったアイデアを思い付いたわけでもなかった。達也《たつや》は口にした言葉のとおりに、好都合だと思っただけだ。

今の達也《たつや》たちには情報が決定的に不足している。シャンバラの遺跡を探すという目的こそ明確に定められているものの、そもそもその切っ掛けになった遺物が本当にシャンバラに関係する物という確証はない。ブハラに来たのも、確かな根拠があってのことではなく遺物が帯びていた魔法的な性質がこの地を指し示したというだけだ。

そんな中、探索の過程で掘り出した遺物に、尋常ではない強い視線を向ける者がいる。一見、形が整っているだけの黒い小石と平凡な意匠が刻まれているだけの白い小石に。発掘の過程を知っている達也《たつや》と違って、そこにあるだけの遺物に目を付けたのだ。これが何か、少なくともどういう性質の物なのか知っているに違いないという達也《たつや》の推理は、決して飛躍しすぎているとは言えまい。

ただその推理を即座に、不足している情報を敵とも味方とも定《さだ》かでない相手から情報を奪い取る作戦に結び付けるのは、性格が悪くないと難しい。基本的に「良い子」である深雪《みゆき》には測《はか》り難《がた》かったに違いない。

「兵庫《ひょうご》さん。この遺跡に人気《ひとけ》が少ない場所はありませんか」

達也《たつや》の問い掛けを聞いて、深雪《みゆき》とリーナが同時に「えっ？」という表情を浮かべた。ここイスマーイール・サーマーニー廟《びょう》は国際的な知名度を持つ有名な観光地だ。現に今、右を見ても左を見ても多くの観光客が歩き回っている。人が少ない所なんてものがあるとは思えなかったのだ。

「そうですね。確か、あちらの緑地には不思議と観光客が寄りつかないと聞いております」

だが兵庫《ひょうご》の回答は、彼女たちの意外感をさらに深めるものだった。

「不自然ね」

「わたしもそう思うわ」

リーナの囁《ささや》きに、深雪《みゆき》も小声で返す。

多くの人が行き交う観光地で、一箇所だけ人が近付かない。そんな場所があるとすれば、そこには自然ではない力が作用しているのではないかと二人は考えたのだ。

「念《ねん》の為《ため》、見て参りましょうか？」

「いえ、このまま向かいます」

深雪《みゆき》とリーナの懸念《けねん》を余所《よそ》に、達也《たつや》は先へと進む。彼は不確定なリスクを冒してでも状況を動かすことを選んだ。闇雲に歩き回るだけでは手掛かりすら得られないと、達也《たつや》はこの時点で理解していた。故に彼は、敵か味方か分からない監視者を挑発して反応を引き出すことにしたのだった。

サーマーニー廟《びょう》の敷地《しきち》——と言って良いのかどうか分からないが、霊廟《れいびょう》から少し離れた緑地には、確かに人影が無かった。その中に達也《たつや》は躊躇《ためら》いなく入っていく。背中に続く深雪《みゆき》とリーナを制止することもなかった。

緑地に足を踏み入れて十歩も進んでいない所で、異変が起こる。

「達也《たつや》様!?」

「タツヤ、これ……」

辺りの景色が、いきなり変わった。

「幻覚か。視たところ、光を操作して作り上げた幻影ではない。深雪《みゆき》、お前には何が見えている？」

「白い……雪原？　いえ、これは塩でしょうか……？」

「リーナはどうだ」

「ワタシも多分同じ。塩、なのかしらね……真っ白な砂漠が広がっているわ」

「兵庫《ひょうご》さんもですか？」

「はい。私《わたくし》も同じでございます」

最後に兵庫《ひょうご》の答えを聞いて、達也《たつや》は得心したように頷《うなず》いた。

「全員同じか……魔法力に関係なく、そこまで明確なビジョンを見せられているというのは普通の幻術ではなさそうだな」

「達也《たつや》様も幻影に囚《とら》われているのですか!?」

深雪《みゆき》がショックを隠せぬ口調で問い掛ける。

達也《たつや》に幻術が効かないわけではないことは、深雪《みゆき》も知っている。八雲《やくも》の幻術には稽古《けいこ》で何度も苦しめられているし、ただ一度の実戦では危うく苦杯を嘗《な》めるところだったことも達也《たつや》の口から聞いていた。

　だが同時に、達也《たつや》が精神干渉系魔法にも高い耐性を持っていることを深雪《みゆき》は知っている。

　極めて強固な外殻を持つ精神。達也《たつや》が生来持つ魔法［再成］は、彼に普通の人間ならば一生の間に決して経験することのない、何百人分にも匹敵する苦痛を体験させた。いや、もしかしたら何千人分かもしれない。その中には間違いなく、致命傷の激痛も数多《あまた》あった。

　その苦痛に死ぬこともできず、ただ耐えることしかできなかった達也《たつや》は意図せず、どんな修行者も真似《まね》ができない量の苦行を成し遂げたのと同じ精神の強さを手に入れた。

　かつて、覚者は人々に告げた。中庸こそが必要だと。

　過度の苦行は覚《さと》りにつながらない。むしろ、覚《さと》りを遠ざける。

　巻き藁《わら》を打ち続けた拳が硬く変質するように、過度の苦行で痛めつけられた精神は硬すぎる外皮を形成してしまう。覚《さと》りに必要な柔軟性を失ってしまう。ただ強いだけの、覚者でも王者でもなく覇者を作り上げてしまう。

　達也《たつや》の魔法は、彼を強いだけの覇者にした。たとえ実母から施された人造魔法師実験が無くても、達也《たつや》は弱さを失うと共に人間らしい感情を失っていただろう。むしろ多くの強い感情を奪われたことで、ただ一つの本物の感情を失わずに済んだのかもしれない。

　その代わり達也《たつや》は堅牢《けんろう》な精神を手に入れた。並の精神干渉系魔法では、対抗魔法を使うまでもなく彼の精神には届かない。いや、一応届きはするのだが、害することはできない。薄皮一枚が切れるだけで血を流すこともない。

魔法師《メイジスト》としての本質が強力な精神干渉系の術者である深雪《みゆき》は、教えられた知識だけでなく本能的な嗅覚でそれを理解していた。もしかしたら自分が全力で「コキュートス」を放っても達《たつ》也《や》は跳ね返してしまうかもしれないとすら、深雪《みゆき》は考えていた。

そんな達也《たつや》が素性も分からぬ、敵かもしれない術者の幻術にみすみす囚《とら》われてしまうなど、深雪《みゆき》には信じ難《がた》いことだったのだ。

「白い砂漠の幻影ならば見ている。塩かどうかまでは分からないが」

達也《たつや》の答えは、深雪《みゆき》の問い掛けとは表現が異なっていた。

「心配しなくても良い。現実も見えている」

「あっ、そうなのですね……」

深雪《みゆき》は恥じる表情で目を伏せた。達也《たつや》が意図的に幻影を観察しているのだと、彼女は達也《たつや》の言葉を正しく理解した。

「敵の魔法はどうやら、幻影を見せるだけのもののようだ。今のところ、こちらに危害を加えようとする兆候は見られない」

達也《たつや》の方では、深雪《みゆき》の誤解を理解しながらスルーした。

「……危害を加える気が無いんだったら、敵じゃないんじゃない？」

達也《たつや》の言葉に違和感を覚えたリーナが訊《たず》ねる。

「精神的、肉体的にダメージを与えようとしていないというだけだ。単なる幻だろうと、一方的に幻覚を押し付けてくる相手は敵に分類される」

「でも、実害は無いのでしょう？」

「強制的に幻影を見せるのは、視界を奪うことに等しい。謂《い》わば『見る自由』の侵害だ」

「ああ、なる程。それは確かに敵だわ」

納得したリーナが「ワタシも気を付けなきゃ」と小声で独り言《ご》ちたのは、彼女の［仮装行列《パレード》］も幻影を強制する魔法だからだろうか。

「しかし、これで終わりか？　だったら何時《いつ》までも付き合う必要は無いのだが」

一方で達也《たつや》は、塩の砂漠（？）の幻影しか見せない「敵」に不満を漏らす。

その瞬間、変化が訪れた。

「あっ」

まずリーナが声を上げ、

「あれは……鷹《たか》、ですか？」

深雪《みゆき》が独り言のように問いを呟《つぶや》く。

それはまるで、達也《たつや》の抗議に応えたようなタイミングだった。

彼らの前にいきなり白い鷹《たか》が現れた。

鷹《たか》は地面に降りるのではなく、彼らの前を横切って再び空に舞い上がる。そして上空で狭い円を描き始めた。円の中心は彼らの頭上ではなく、二、三十メートルほど離れた場所に見えた。

「何だか、わたしたちを案内しているような飛び方ですね」

「おびき寄せようとしているのかもね」

深雪《みゆき》とリーナの見方は対照的だが、言おうとしていることは同じだった。

「灌木《かんぼく》の茂みに小さな石碑のようなものが埋もれているな。あそこへ行けということだろう。──誘いに乗ってみるか」

そう告げると同時に、白い砂漠の幻影がかき消え現実の景色が戻った。達也《たつや》が術式解散《グラム・ディスパージョン》で幻術を打ち破ったのだ。

「これ以上、幻影に付き合う必要は無い。行こう」

歩き出す達也《たつや》。

「……もしかしてタツヤって、何時《いつ》でも幻術を解除できたの？」

「驚くべきことではないでしょう？」

呆《あき》れ声で呟《つぶや》いたリーナに、深雪《みゆき》は得意げな応えを返した。

「──ここだ」

達也《たつや》は灌木《かんぼく》が密集して形成されている天然の生け垣の前で立ち止まって、深雪《みゆき》たちにそう告げた。

「この地でこれほど緑が深いのは珍しいですね」

「こんな観光地で何の手も入っていないなんて不自然にも程があるわ」

深雪《みゆき》のセリフを受けてリーナが悪態を吐く。

「達也《たつや》様、私《わたくし》はこのような場所があることを存じませんでした。ここには何か、人を遠ざける術式が施されているのでしょうか？」

「そのようですね。しかもこの地の結界はメンテナンスされています」

兵庫《ひょうご》の疑問に対する達也《たつや》の答えに、深雪《みゆき》とリーナが驚きの表情を浮かべる。

「それって、術者がいるということ？　さっきの幻術も？」

より表情の変化が大きかったリーナが、達也《たつや》に食い付いた。

「おそらく、同じ一味だ」

答える達也《たつや》の顔からは、術者に対する関心が余り感じられなかった。

「……結構深いな」

彼の意識はそれよりも、この茂みの地下に向けられていた。

「幾ら人払いの結界が敷かれているとはいえ、今掘り出すのは目立ちそうだ。夜にまた来るか」

達也《たつや》が踵《きびす》を返《かえ》す。

「かしこまりました」

深雪《みゆき》はそれが分かっていたかのように、彼の背中に続いた。

一呼吸遅れて、軽く一礼した兵庫《ひょうご》が続く。

「――ちょっと待ってよ！　それで良いの？」

しかしリーナは、達也《たつや》を呼び止めた。さすがに他人の耳を気にして大声は出さなかったが、語調は「叫んだ」と表現しても違和感の無いものだった。

「良いの、とは？」

「だから！　幻術を仕掛けてきた敵がいるのでしょう!?」

達也《たつや》の反応の薄さに、リーナは焦《じ》れったそうだ。

「結界の維持もしているようだな」

「そいつらを放っておいて良いの？　せっかく何かありそうな場所が分かったのに！」

「横取りを心配しているなら考えすぎだろう。見たところ、この場所の結界はかなり古いものだ。自分のものにするつもりなら、とっくに掘り出している。ただ、俺たちがこの場所に来たことで、焦《あせ》って発掘するという可能性が無いわけではないが……。それを心配しても仕方が無い。現実問題として、今この場で地面を掘り返すのは目立ちすぎる」

「それは、そうかもしれないけど……」

「話は終わった」と判断した達也《たつや》が、この場を去る歩みを再開する。

リーナは未練がましく灌木《かんぼく》の茂みを二、三度振り返りながら、彼を追い掛けた。

有名な遺跡も深夜になれば観光客の姿は絶える。その代わり、時折巡回する兵士の姿が見られた。

今は国境地帯で軍事的緊張が高まっている状況だ。工作員の暗躍も疑われており、インド・ペルシア連邦軍もその下部組織となっているウズベキスタン共和国軍も各地で警戒を強めている。それはここブハラでも同様だった。

ただこの都市は衝突が生じた——あるいは衝突が偽装された国境から比較的離れていることもあって、兵士の巡回頻度はそれほど密ではない。軍事的重要性が皆無に近い遺跡に兵士が姿を見せるのは、本当に時折だった。

達也《たつや》たち四人は巡回が空白となっている時間帯を狙って遺跡を訪れた。使ったのは例のキャンピングカーではなく地元の人間が愛用するような小型の中古車だ。いざとなれば乗り捨てても然程《さほど》怪しまれない自走車は、兵庫《ひょうご》の伝手《つて》で調達したものだった。

「兵庫《ひょうご》さん、ここで待っていてください」

「かしこまりました」

「リーナは車と兵庫《ひょうご》さんを守ってくれ」

「タツヤ、戦闘になると考えているの？」

「五分五分かな」

リーナの問いにそう答えながら、達也《たつや》は助手席の扉を開けた。

「深雪《みゆき》は俺に付いてきてくれ」

車を降りた達也《たつや》が助手席の後ろのドアを開ける。深雪《みゆき》は一般的に上座とされている運転席の後ろではなく助手席の後ろに座っていた。事故でもテロでも、達也《たつや》に近い方が安全だからだ。

「はい、達也《たつや》様」

達也《たつや》の手を借りて深雪《みゆき》が車を降りる。

「ミユキ。一緒に行けないけど、気を付けてね」

「達也《たつや》様がご一緒なのだから、わたしは大丈夫。危険なことがあるとすれば、むしろリーナの方よ？」

「それこそ心配ご無用だわ。これでも元シリウスよ」

腰を滑らせて窓から顔を出したリーナと腰を軽く屈《かが》めた深雪《みゆき》は、お互いに全く危機感が無い笑みを交わした。

「やはり、考えすぎか」

昼間に自分たちが立ち去った後、石碑——のような物——が掘り出されているかもしれないというわずかな懸念《けねん》を達也《たつや》は懐《いだ》いていたのだが、白い鷹《たか》の幻影が案内した灌木《かんぼく》の茂みはあの時のままだった。

「敵の気配はありませんね……」

セリフの内容とは裏腹に、深雪《みゆき》は不安そうだ。妨害が無いことが、かえって疑心暗鬼をかき立てているのかもしれない。

「相手の意図を推理するには材料が無さすぎる。今は目的に集中しよう」

「……そうですね。仰《おつしや》るとおりです」

深雪《みゆき》の表情にはまだ不安の影が残っていたが、揺れていた瞳は落ち着きを取り戻した。

しかし「目的に集中」と達也《たつや》は深雪《みゆき》に言ったが、地中に埋まっている物を掘り出すのは彼の役目だ。穴掘りに深雪《みゆき》の魔法は向いていない。

「深雪《みゆき》、目隠しを頼む」

「かしこまりました」

達也《たつや》の求めに応じて、深雪《みゆき》が周囲一帯をすっぽりと覆う形で意識誘導魔法を発動する。

彼女が本来得意とする魔法は振動減速系魔法＝冷却・凍結魔法ではなく精神干渉系統だ。高校生時代までは自分の力を持て余している面があったが、技術が向上した今は「コキュートス」以外の弱い魔法も徐々に使いこなせるようになっていた。

幻影の展開ならばリーナの方が得意なのだが、深雪《みゆき》は「目で見ても意識が何も見ていないと思い込んでしまう」という認識阻害の魔法的な力場を形成することで、達也《たつや》のリクエストに応えたのだった。

達也《たつや》は情報体知覚能力［エレメンタル・サイト］で「目隠し」が完成しているのを確かめた上で、発掘作業に入った。

密集した灌木《かんぼく》の中に、一筋の細い道が出現する。御伽噺《おとぎばなし》のように木が達也《たつや》に道を空けたのではなく、目的地点までの直線にある障碍物《しょうがいぶつ》を分解したのだ。

道の先には何も無かった。達也《たつや》は自分が作った小径《こみち》の終点まで歩いて、そこで立ち止まった。足下の地面に目を向ける達也《たつや》。その直後、彼の身体《からだ》は地面に沈み始めた。いや、足下の地面を分解して作った坑《あな》の中に落ちていっているのだ。

達也《たつや》の全身が見えなくなったところで、深雪《みゆき》が坑《あな》の縁へと小走りに駆け寄る。彼女は膝を少し曲げた中腰の姿勢で坑《あな》をのぞき込み、気流操作の魔法を行使した。

気体化した土――土を構成していた各元素の分子が排出され、新鮮な空気が達也《たつや》の周りを満たす。達也《たつや》は顔を上げて目で深雪《みゆき》に礼を述べ、さらに地下深くへと落ちていった。

星明かりは、とうに届いていない。情報体知覚能力に依《よ》れば、現在の深さは三十メートルに達している。残念ながら何時《いつ》の時代の地層まで届いているのか分からないが、もしかしたら千年単位、万年単位の過去まで掘り下げているのかもしれない。

（ここか）


地下三十二メートルを少し超えたところで、達也《たつや》は下降を止めた。

坑《あな》の壁を暫《しば》し見詰め、胸の高さで右手を伸ばす。

右腕は少しずつ壁の中に潜っていった。坑を掘り下げた時よりも、随分慎重な手付きだ。

肘まで埋まったところで、達也《たつや》は腕を止めた。

止めた腕を引き抜くのではなく、その状態で魔法を発動する。

壁に横穴が生じた。右腕を中心にした円形ではなく、埋まっていた腕の長さの奥行きを持つ長方形の穴だ。

その先に平らな石の壁がある。達也《たつや》の右手はその滑らかな表面におかれていた。

彼はポケットから小型ナイフを取り出した。

そのブレードを石壁の上の方に差し込む。

光が全く届かない坑《あな》の中だが、そこに走っている細い切れ目が達也《たつや》には「視《み》」えていた。

わずかな抵抗を示して、ブレードは岩の切れ目に沈んだ。

ぐいっ、と達也《たつや》がナイフで抉《こじ》る。

手前に倒れてくる石壁——石板を、達也《たつや》は左手で受け止めた。

石は壁ではなく、蓋だった。あるいは「扉」と呼ぶべきか。

石板の向こうには、小さな祭壇があった。灯《あか》りも供物《くもつ》も無い。だがその空洞には、祭壇以外に適した名称は無いと思われた。

祀られていたのは石の円盤。『鍵』と同じ大きさ、同じ形だが、色が違った。八葉蓮華《れんげ》と隣接する三円が彫られた丸い石板は、ガラスのように滑らかな青い材質でできていた。

達也《たつや》は青い石の円盤と蓋をしていた長方形の石板を持って地上に戻った。

[跳躍]の魔法で地上に出た達也《たつや》は[再成]で坑《あな》を埋め戻し灌木《かんぼく》を元の茂みに戻した。その上で、リーナと兵庫《ひょうご》が待っている自走車に戻る。深雪《みゆき》は達也《たつや》が手にする石板のことが気になっていたのだが、車に着くまで質問を控えた。

「それってもしかして、例の石板⁉」

そして自走車に乗るや否《いな》や、リーナに先を越されてしまう。だがリーナが悪いわけではないので、深雪《みゆき》はムッとした感情を表に出さなかった。

なおリーナが言う「例の石板」は、アメリカ西海岸のシャスタ山で発掘された『導師《グル》の石板』のことだ。魔法師《メイジスト》がこの発掘物を使えば、石板に記録されている魔法を修得できる。今のところ判明している例は一つだけなので、全体でどのような魔法がラインナップされているのかは分からない。ただその一例から見て、高度で強力な魔法が用意されていると思われた。達《たつ》也《や》たちはこれを、歴史書に記されていない未知の魔法文明の遺物と考えている。

「いや、違う。『導師《グル》の石板』ではない。魔法的な力は宿っているが、表面に古式魔法の刻印が刻まれているだけだ。珍しい魔法だが、秘匿する程ではない」

しかしあいにくと達也《たつや》の回答は、リーナが期待していたものではなかった。

「じゃあ、探索は失敗？　無駄足だった？」

リーナはつまらなそうな顔で不満げに零《こぼ》した。

「他にも何か見付かったのではありませんか？」

すかさず訊《たず》ねる深雪《みゆき》の口調が少し気忙《きぜわ》しく感じられるのは、今度こそ先を越されないようにという気持ちが彼女にあったからかもしれない。

「あった。これだ」

達也《たつや》はもったいぶらずに、青い石の円盤を見せた。

達也《たつや》の掌《てのひら》に載った小さな石を、深雪《みゆき》とリーナが額を突き合わせる格好でのぞき込む。

「同じデザインね……。裏も同じ？」

リーナのリクエストに応えて、達也《たつや》は石板をひっくり返した。

「……色違いの『鍵』ですか？」

「『鍵』というのは、それほど的外れではないかもしれない」

質問の形を取った深雪《みゆき》の推測に、達也《たつや》は直接的ではない同意を返す。

やや分かりにくい応えだったが、深雪《みゆき》はすぐに「あっ」という表情を浮かべた。

「その石も動いたのですか？」

期待が滲《にじ》む深雪《みゆき》の問い掛けに、達也《たつや》は「そうだ」と頷《うなず》く。

「新しい『鍵』はここよりも西を示している」

「早速行ってみる？」

勇み足気味のリーナに「今日はもう遅いわよ」と苦笑いを返したのは深雪《みゆき》だった。

「余分に時間を掛けるつもりも無い。明日の朝一番で行ってみよう」

達也《たつや》のフォローもあってか、口論にはならなかった。

四人はそのまま自走車でホテルに戻った。

◇　◇　◇

達也《たつや》の言葉どおり、翌日の早朝。今度はキャンピングカーで四人はホテルを出た。

青い『鍵』が彼らを案内したのはブハラの、西の郊外だった。『死者の都《ネクロポリス》』の別名を持つ旧跡の一つ、チョル・バクル。

イスラム様式の礼拝堂《モスク》や塔《ミナレット》が立ち並ぶその土地で、昨日の霊廟《れいびょう》と似たようなことが繰り返された。

達也《たつや》たちの視界を覆い尽くす白い砂漠、塩の大地の幻影。彼らを誘《いざな》うように空を舞う一羽《わ》の白い鷹《たか》。

埋めたのか埋もれたのか定《さだ》かでない、地下深くに隠された祭壇。そこから達也《たつや》は、黄色の『鍵』を手に入れた。

ホテルに戻った達也《たつや》、深雪《みゆき》、リーナの三人は、達也《たつや》の部屋でテーブルを囲んだ。

卓上には白、青、黄色の円《まる》い石板と、黒い八角形の石板が置かれている。ここブハラで入手した三つの『鍵』とシャスタ山で発掘した『コンパス』だ。

「動きませんね……」

困惑した声で深雪《みゆき》が言うように、『鍵』も『コンパス』も昨日までが嘘《うそ》のように全く動かなくなった。いや、動くことは動く。だが三つの『鍵』がお互いに引き合うだけで、彼らを案内する動きは見せなくなっていた。

「……これで終わりってこと？」

リーナが失望を隠せない声で誰にともなく訊《たず》ねる。今の状態から判断する限り、遺物の動きは『鍵』を三つ集めることが目的だったように思われた。

「この『鍵』が最終的なゴールだったとすれば、仕掛けが大きすぎる。次のステージがあるはずだ」

達也《たつや》のセリフは希望的観測のようにも聞こえる。だが希望ではあっても根拠の無い願望ではなかった。

『コンパス』の作用は全地球的規模のものだった。それに対して、見付かった三つの『鍵』には大した価値が感じられない。何らかの力は秘めているようだが、『導師の石板《グル》』に対して覚えたような危機感がまるで伝わってこないのだ。

「ここから先は自力で推理することを求められているのだと思う。明日からどうするか、一晩考えさせてくれないか」

「どうかご納得の行くまでお考えになってください。わたしは達也《たつや》様の仰《おお》せに従いますので」

間髪を容《い》れず深雪《みゆき》が答える。「異論は認めない」とでも言わんばかりの素早い反応だ。

「……一晩くらい、態々《わざわざ》断る必要は無いわよ。方針はタツヤに任せているんだから」

リーナの口調が少々アレっぽくなっているのは、深雪《みゆき》のにこやかな気迫に圧倒された結果かもしれない。

「では達也《たつや》様、おやすみなさいませ」

「タツヤ、また明日ね」

深雪《みゆき》は丁寧に一礼して、リーナはラフに手を振って、自分たちの部屋に戻っていった。

◇◇◇

翌朝。自分の部屋に深雪《みゆき》とリーナを呼び、ルームサービスの朝食を済ませた後、達也《たつや》はテーブルの上にブハラの地図を広げた。白い布を敷いたテーブルにプロジェクターで投影した地図なので「広げた」ではなく「映し出した」の方が表現としては適切かもしれない。

地図上に青の『鍵』と黄色の『鍵』が置かれる。それぞれ発掘された場所に対応する位置だ。白の『鍵』は達也《たつや》が手に持ったままだった。

「まず気になったのは白の『鍵』と他の二つの、発見された状況の違いだ」

「状況の違いって？　地下に埋まっていたか、湖に埋まっていたかの違いのこと？」

リーナの遠慮が無い質問に、達也《たつや》は「それもある」と留保付きで頷《うなず》く。

「場所だけでないとすれば……保管されていた状態の違いでしょうか」

「そうだな。俺はそちらの方が気になった」

深雪《みゆき》の推測に、達也《たつや》は明確な頷《うなず》きを返した。

「青と黄色の二つは保管用に作られた場所に置かれてしっかり蓋までされていた。一方で白の『鍵』は、土の中にただ突っ込まれていた」

「他の二つに比べると白の『鍵』は、まるで慌てて隠したみたいですね……」

「慌ててなのかどうかは分からないが、隠したというのは当たっていると思う」

深雪《みゆき》の推測に達也《たつや》は再び頷《うなず》いた。

「──もしかしてタツヤは、白の『鍵』が本来は別の場所にあったと考えているの？」

「移されたかどうかは分からないが、本来は別の場所にあるべきだという考え方が次に探索すべき場所を推理する鍵になると考えている」

達也《たつや》は敢《あ》えて「手掛かり」のことを「鍵」と言った。

「もったいぶらないで結論を聞かせて。タツヤは何処《どこ》だと思うの？」

「ここだ」

達也《たつや》はそう言いながら、白の『鍵』を郊外北西の一地点に置いた。

そうすることで三つの『鍵』は、地図上で正三角形を形作った。

綺麗《きれい》すぎる結果に、深雪《みゆき》とリーナが目を見張る。

「――達也《たつや》様。わたしは理由もうかがいたいです」

遠慮がちに、深雪《みゆき》が説明を求める。

「俺たち日本人にお馴染《なじ》みの五行説では青は東、黄色は中央で白は西」

そう言って達也《たつや》は白の『鍵』を青と黄色を結ぶ直線の延長上に移動させた。

「だが今回の探索の元になっているカーラチャクラ・タントラに描かれている曼陀羅《まんだら》の配置は少し違う。青は東。黄色は西で、白は北だ」

達也《たつや》が地図上から白の『鍵』を拾い上げる。

「そして互いに隣接する三つの円の中心を結べば正三角形になる。サーマーニー廟《びょう》とチョル・バクルを結ぶ線を一辺とする正三角形の、北側の頂点。それが、ここだ」

達也《たつや》は白の『鍵』を最初に置いた位置に戻した。

深雪《みゆき》はもちろん、リーナからの反論も無かった。

「……それでこの地点には、何があるのですか？」

しばらく地図を見詰めていた深雪《みゆき》が達也《たつや》に訊《たず》ねる。

「ＩＰＵ連邦魔法大学ウズベキスタン校舎だ」

達也《たつや》の回答に、深雪《みゆき》とリーナは目を大きく見開いた。

【2】遺跡

八月十八日、水曜日。チョル・バクルで黄色の『鍵』を手に入れた翌日の夜。達也《たつや》一行はブハラの郊外北西に来ていた。

車内からは二つの大学が見えている。一方はブハラ州立大学バイオテクノロジー校舎。もう一方は戦後に開校したIPU連邦魔法大学のウズベキスタン校舎だ。

チャンドラセカールが教鞭《きょうべん》を執っているハイダラーバード大学は魔法学科、魔法工学科を含む総合大学《ユニバーシティ》。それに対して連邦魔法大学は魔法師育成を目的とする単科大学《カレッジ》だ。インド《I》・ペルシア《P》連邦《U》における魔法研究の最高峰と言えばハイダラーバード大学が挙げられるが、連邦政府に最も多くの魔法師を供給しているのは連邦魔法大学になる。

IPUは戦後すぐに、新ソ連や大亜《だいあ》連合《れんごう》に対抗する必要性に迫られて連邦国家を形成した。統合を主導したのは戦時中にイランから改称した西アジアの強国・ペルシアと、南アジアの雄・インドだ。このことは現在の国名に反映されている。

その成り立ちから、IPUの内部ではインドとペルシアの勢力争いが続いている。ペルシア派閥にとっては旧インドのハイダラーバード大学に魔法の才能が集まるのは面白くない。インド派閥の側としても、こんなことで対抗派閥にへそを曲げられるのは好ましくなかった。IPU連邦魔法大学はこういう背景で、連邦を構成する各国に校舎が設けられている。

達也《たつや》たちの目的はその連邦魔法大学構内に忍び込み、シャンバラの遺跡か、少なくともその手掛かりを入手することだ。と言ってもここに求める物があるという確証は無い。この場所を特定したのは単なる推理で、根拠は余りにも少なかった。本来ならばもっと推理を補完する材料を集め、潜入そのものにも万全の準備を調えたいところだ。

そうしなかったのは、急ぐ理由ができたからだった。午前中、深雪《みゆき》とリーナに次の目的地に関する推理を開陳して潜入に必要な情報を集めている最中、日本で留守を預けている藤林《ふじばやし》から帰国を促す電話が掛かってきたのだ。

メイジアン・ソサエティとFEHR《フェール》の調印式を名目に日本を発《た》ってから既に半月が過ぎている。まだ学生の身分ではあるが、同時に日本魔法界では社会的な地位もある達也《たつや》と深雪《みゆき》が同時に日本を留守にするには長すぎる期間だ。達也《たつや》に関しては、彼を軍事力として当てにしている（陰の）権力者たちが機嫌を損ねる兆候も見え始めていた。

実は達也《たつや》自身も「外国に留まるのはそろそろ限界か」と感じていたところだ。そんな訳で、見切り発車の形ではあるが、今夜潜入を決行することにしたのである。

「兵庫《ひょうご》さん。危険を察知したら我々のことは気にせずこの場を離れてください」

「かしこまりました。その際は例のポイントでお待ち申し上げます。達也《たつや》様、深雪《みゆき》様、理奈《りな》お嬢様、どうかお気を付けて」

車の中の兵庫《ひょうご》に見送られて、達也《たつや》たち三人は連邦魔法大学に向かった。

◇◇◇

三人にとって、大学敷地《しきち》への潜入は難しくなかった。魔法の使用に対応した警備装置は配置されていたが、達也《たつや》たちは難なくクリアした。元々達也《たつや》は魔法の行使を感知させない技術に秀《ひい》でていたし、深雪《みゆき》は達也《たつや》の封印に割いていた魔法制御力を取り戻してから無駄な想子波《サイオン》を漏らさなくなった。リーナの［仮装行列《パレード》］はセンサーに対しても有効だ。ここに設置されている物よりもっと鋭敏なセンサー、例えば軍事施設に備わっているような装置でも、三人の侵入を捉えることはできなかったに違いない。

——だが。

「見られているな」

遺跡の反応を得ようとウエストポーチから三つの『鍵』を取り出した直後、達也《たつや》が抑揚の無い口調で呟《つぶや》いた。独り言のようなセリフだったが、深雪《みゆき》とリーナに聞かせる為《ため》の言葉だったのは明らかだ。

深雪《みゆき》が無言で身構え、リーナは低い声で「何処《どこ》？」と訊《き》きながら素早く辺りを見回す。

「あそこだ」

達也《たつや》が手を動かさずに視線でリーナの質問に答える。

彼の目は三階建ての校舎の屋上に向けられていた。

「行きますか？」

「いや」

監視者と接触してみるかと訊《たず》ねた深雪《みゆき》に、達也《たつや》は顔を動かさず否《いな》を返す。

「こいつらは別の場所に反応している」

達也《たつや》が「こいつら」と言ったのは白、青、黄色の『鍵』のことだ。事前の予想では、この場所には白い鍵しか反応しないと彼は考えていた。だが実際には、『鍵』は三つとも強い反応を示している。

敷地《しきち》を囲む塀の外ではこのような反応を見せなかったから、この大学には『鍵』と関係する何らかの仕掛けがあると分かる。ある種の結界のようなものだろう。

それが塀に仕掛けられたものか、土地そのものに仕込まれたものかは不明だ。だがこの土地に魔法大学の校舎を建てたのは、おそらく偶然ではないと推測される。政府か、官僚か、学校関係者か、地元の地権者か。とにかく、校舎建設の決定に影響力を持つ者の中に魔法的な古代遺物の——少なくとも『鍵』の関係者がいたのだ。

ブハラに来てからの経験に照らし合わせて考えれば遺物、あるいは遺跡が眠っているのは地下深くだ。達也《たつや》の手の中で、今『鍵』もそういう反応を伝えている。

遺跡を隠す為《ため》、その上に校舎を建てたのか。あるいは遺物に想子《サイオン》や霊子《プシオン》を供給する目的で、魔法資質が高い若者を集める器を作ったのか。

とにかく達也《たつや》は監視者よりも遺物（か遺跡）を優先することにして、倉庫と思われる建物に向かった。

だが残念ながら、監視者の方はそう易々《やすやす》と通らせるつもりは無いようだ。

三人の視界から、いきなり大学が消えた。

今夜は晴れている。空には満月に近い月が浮かんでいた。その月光に照らされて、達也《たつや》たちの前には荒涼とした白い砂漠が広がっている。

「達也《たつや》様？」

「随分強力な幻術だ。それに厄介なシステムを使っている」

達也《たつや》が立ちこめる煙を払うような仕草で、右手を大きく振った。

同時に大学の景色が回復する。

だが一秒も経《た》たない内に、風景はまたしても夜の白い砂漠にすり替えられた。

「やはり、そうか」

達也《たつや》は納得顔で小さく頷《うなず》いた。

「……これはもしや、ファランクスと同じシステムを使っているのですか？」

「良く分かったな」

深雪《みゆき》の問い掛けに答えた達也《たつや》の表情に動きは無かったが、わずかな声の調子から深雪《みゆき》の洞察力に本気で感心しているのが窺《うかが》われる。

「幻影が消されるのを前提にして、次の幻術を待機させているということ？」

「一人の魔法師《メイジスト》によるものではない。少なくとも三人以上が連携している」

リーナの推理を補足する形で達也《たつや》は認めて、再び幻影をかき消した。

わずかなタイムスパンで、同じことが繰り返される。

「術者を全員消してしまうのが確実で手っ取り早いんだが……」

迷っている口調で達也《たつや》が呟《つぶや》く。

「達也《たつや》様。差し出がましいようですが……」

「分かっている。殺しはしない」

二人がこの場面で殺人に否定的なのは罪悪感からではない。この国の司法当局と対立するのを嫌ったからでもない。この後、「敵」の協力が必要になるかもしれないと考えたからだった。

現在の彼らには、準備も調査も不足している。今回のような見切り発車の決め打ちは、達也《たつや》としては極めて不本意なものだ。本来ならばもっと調査を重ね情報を集めて調査地点を絞り込みたいところなのだが、時間的な制約からそれは不可能だった。

事前調査が不十分なら、現地で情報を集めるしかない。情報だけでなく、秘匿されている「何か」に触れる為《ため》には今、自分たちに幻術という攻撃を仕掛けている敵に認めさせなければならないのかもしれない。

残念ながら、諸々を考え合わせると、確実な処理方法を選択できない状況だった。

「少し面倒だが、根比べと行くか」

深雪《みゆき》への応えではなく、独り言を達也《たつや》は呟《つぶや》いた。

同時に達也《たつや》の雰囲気が変わった。今までの臨戦態勢から一段階進んで、実際に干戈《かんか》を交えている最中の顔になった。

幻影が消え、現実の景色が戻る。達也《たつや》は腕を振るどころか指一本動かしていない。身体《からだ》から漏れ出す想子光《サイオン》も無い。外見上は、ただ立っているだけだ。

前回同様、幻影もすぐに復活した。

間髪を容《い》れず、偽りの風景がかき消される。

そこからは、この繰り返しだった。

幻影が現実を塗り替え、現実が幻影を洗い流す。それが秒単位で続いた。

文字通りの「目まぐるしい（＝目の前をいろいろなものが次から次へと通りすぎて、目のまわるような感じ）」攻防に、深雪《みゆき》は激しい眼精疲労による頭痛を覚え、リーナは深刻な船酔いに似た吐き気に見舞われた。

リスクを忘れて目を閉じる二人。そうしなければ耐えられない程の視覚的暴力だったのだ。目を閉じてしまえば何も感じられない。この幻術はどうやら、見るという行為に介入してくるものだったようだ。

目を閉じた二人の許《もと》に、静かな夜が戻る。

すぐ近くで激しい魔法の撃ち合いが続いているのが信じられない。

達也《たつや》が演じているのはそれ程までに、静にして粛とした戦いだった。

「――もう目を開けても大丈夫だ。新たな魔法が発動される徴候は無い。敵意も感じられない」

数十秒にも数十分にも、下手をしたら数時間にも感じられる「静かな夜」を過ごした深雪《みゆき》とリーナの耳に、達也《たつや》の落ち着いた声が届く。

戦闘の興奮など欠片《かけら》も見当たらない、残滓《ざんし》すらも感じられない平静な口調。

深雪《みゆき》は素直に、リーナは恐る恐る目を開けた。

二人の目の前に広がる景色は、満月に近い月の光に照らされた夜の大学。異国の大学であるにも拘《かか》わらず何処《どこ》か親近感を懐《いだ》いてしまうのは、「大学」というものが国境を越えて持つ共通した雰囲気によるものだろうか。それともここが「魔法大学」だからだろうか。

「気分はどうだ？」

「大丈夫です」

深雪《みゆき》には強がっている様子は無い。

「ワタシも大丈夫よ」

リーナの方はまだ少し顔色が悪かったが、休憩が必要なほど参っているようには見えない。

問題ないと判断して、達也《たつや》は倉庫（仮）に向かって歩みを再開した。

こんな時間だから当然のことだが、建物には鍵が掛かっていた。一見、ただのシリンダー錠に見えるが［エレメンタル・サイト］で分析したところに依《よ》れば生体認証と機械式の複合錠だ。鍵を壊したら警報が鳴るし、セキュリティ装置を断線させてもやはり異常が通知される仕組みになっている。

そこで達也《たつや》は扉そのものを壊すことにした。警備システムの配線は扉の周囲に張り巡らされ扉自体には通っていない。彼は外側十センチを残して、扉を粉微塵に変えた。

「タツヤのその魔法って、やっぱり反則だわ」

［分解］で作った穴を通り抜けた後、［再成］で粉塵《ふんじん》と化していた扉を元に戻して痕跡を消した達也《たつや》にリーナが不平をぶつける。無論本気ではないが、彼女が羨ましく感じているのは事実だった。

「リーナ」

深雪《みゆき》の小さな声には「必要の無い物音を立てないで」という意図が込められていた。

「気にしなくて良い」

達也《たつや》が何故《なぜ》かリーナをかばう。その理由は、すぐに分かった。

この建物は倉庫で間違いなかったようで、背の高い棚にフォークリフトで出し入れするようなコンテナが整然と並んでいる。

「攻撃してこないのは交渉の余地があるから、と解釈して良いのか？」

その棚の向こう側に、達也《たつや》はウズベク語で問い掛けた。

「私たちはそのつもりです」

答えは達者な日本語で返ってきた。間違いなく、達也《たつや》のウズベク語よりも相手の日本語の方が流暢《りゅうちょう》だ。

「まずは姿を見せてもらえないだろうか」

達也《たつや》は意地を張らず、日本語に切り替えて呼び掛けた。

いきなり倉庫の中に照明が点《とも》った。深雪《みゆき》とリーナは手を上げて目をかばったが、達也《たつや》はわずかに目を細めただけだ。

コンテナの陰からモンゴロイドとコーカソイドの特徴を併せ持つ男性が次々に姿を見せた。人数は八人。壮年から初老まで、外見年齢は様々。服装にはこれといった特徴が無い。ブハラの市街地で見掛けた平凡な物だった。少なくとも宗教的な色合いは感じられない。

「私たちは『遺産の守人《もりびと》』です」

八人の男性の内、最も外見年齢が高い白髪の男性はそのように名乗った。

「日本語で答えていただいたということは、我々の素性を知っているのだろう？」

達也《たつや》は、暗に「自己紹介は必要あるまい」と応えた。

「存じておりますよ。日本からのお客人」

個人名を呼ばないのは何か宗教的な制約があるのだろうか。それとも単なる伝統だろうか。どちらにしても特に不都合は無い。達也《たつや》はそのまま話を進めることにした。なお達也《たつや》が程々にしか丁寧な言葉遣いを用いないのは、たとえ実害は無かったとしても、自分の方から相手のテリトリーに無断で踏み込んだことが理由だったとしても、いきなり攻撃してきた相手に対する礼儀は最低限で構わないと考えているからだった。

「差し支えなければ教えて欲しい。貴男方《あなた》が守る『遺産』とは、シャンバラに関わる物か？」

「お客人はシャンバラの伝説を信じておいでか？」

「それを確かめるのも、ここに来た理由の一つだ」

老人が仲間の男たちと互いに目配せをした。言葉を交わした様子は無かったが、それで意思の疎通は成り立ったようだ。

「お客人が仰《おつしや》ったように、私たちが守る遺産はシャンバラの秘宝です」

老人の回答は達也《たつや》が予想した以上に率直なものだった。

「今度はこちらからお訊《たず》ねしたい。お客人はシャンバラの遺産を探しておられるのですね？」

「そうだ」

「何が目的ですか？」

老人の口調も目付きも特に鋭くはなっていない。ただ彼もその仲間たちも、達也《たつや》を見詰める視線は狂おしい程に真剣だった。

「貴男《あなた》が今、言ったばかりだ。シャンバラの遺跡、または遺物を探し出す為《ため》にここに来た」

老人の仲間の内、まだ壮年、中年の域にある男たちの間に、ムッとしたような気配が生じた。

老人が片手を上げて彼らを制する。

「……質問を変えましょう。シャンバラの遺産を手に入れる目的は何なのでしょうか？」

老人はまだ落ち着きを保っていた。

「手に入れると決めてはいない」

達也《たつや》の態度は最初から変わらない。好意的な目では沈着冷静。見ようによっては傲岸不遜。

「何ですと？」

「だから、遺物を見付けてもそれを持ち帰るかどうかは決めていない。社会に害が無い物ならば持ち帰らせてもらう」

「害がある物ならば？」

「隠匿する」

「……破壊するとも封印するとも仰《おつしや》らないのですね」

「それは俺の一存では決められないからな」

『遺産の守人《もりびと》』の間に戸惑いが広がる。

「無害も有害も俺一人の判断でしかない。俺の独断で一つの文明の遺産を破壊などできない。

そこまで責任は持てない」

達也《たつや》に韜晦《とうかい》の意図は無かったので、説明の手間を惜しまなかった。

「それから封印の方は単純に、そのスキルが無いだけだ」

「お客人……。貴男《あなた》は判断の責任を全て一人で背負われるおつもりか？」

老人が何かを見定める目付きで達也《たつや》を見詰める。

それは達也《たつや》の人間性なのか、それとも資格だったのかもしれない。

「無害と考えていた『遺産』が社会に害を及ぼした場合の話か？」

老人は首を縦にも横にも振らなかったが、肯定して続きを促す表情をしていた。

「それならば、実際に社会を害する行為をした者の責任だ」

「……他人の行為にまで責任は持てない、と？」

「その可能性を言うならば、有害だと判断した遺産が実は社会に多大な恩恵を与える物だった場合のことも考えなければならない。そこまで可能性を恐れていては限《きり》が無いな。何もできなくなってしまう」

「…………」

「俺はまだ、賢い世捨て人になるつもりは無い」

「……少し、お時間をいただいてもよろしいだろうか」

そう言って老人は『遺産の守人《もりびと》』の仲間たちと輪を作り、話し合いを始めた。

達也《たつや》も深雪《みゆき》もリーナも、無言で彼らの結論を待った。

激しく言い合う声が聞こえる。漏れ聞こえてきた会話の断片は、達也《たつや》が知る現代のウズベク語ではなかった。だからといってヒンディー語でもペルシア語でも英語でもない。彼には全く理解できない言語だ。

その話し合いが終わるまで、長くは掛からなかった。老人が再び達也《たつや》に顔を向け口を開く。

「——お客人。貴男《あなた》の目的に適《かな》う物かどうかは分かりませんが、私たちが守ってきた遺産はここにあると聞いております」

老人の言い回しは奇妙なものだった。

「自分の目で確かめたことではないのか？」

「確かめられないのですよ」

「ここにあるのだろう？」

「ええ、ここに」

そう言って老人は、自分の足下を指差した。

「地中か」

達也《たつや》の口調に、意外感は無い。

「だが校舎を建てる時の基礎工事で出土しなかったのか？」

「私たちもそれを期待してこの地に大学を誘致しました」

老人が残念そうに答える。

「深かったのか？」

今度は少し意外そうな声で達也《たつや》は訊《たず》ねた。サーマーニー廟《びょう》では鍵にたどり着くまで三十メートル以上を掘らなければならなかったが、杭《くい》基礎ならばその程度の深さは掘削してもおかしくない。既製杭《ぐい》工法（持ってきた杭《くい》を現場で地中に打ち込む工法）だと遺跡を破壊する恐れもあるが、場所打ち杭《ぐい》工法（孔《あな》を掘ってそこに杭《くい》を作る工法）ならばその心配も要らないはずだ。

「建設の際、余り深く掘らなかったのです」

「この国では地震も珍しくないだろうに」

達也《たつや》の指摘に対する反応は、言葉では無かった。ただ、残念そうな雰囲気が返ってきただけだった。

「……遺産の存在を自分たちで直接確かめられなかった私たちは、盗掘を防ぐ為《ため》の蓋代わりにこの倉庫を建てさせました。取《と》り敢《あ》えずそれで満足することにしました」

「こうして、場所は分かっているのだ。大学建設とは別に、自分たちで発掘しようとは考えなかったのか？　資金的な問題ならば幾らでも解決策はありそうだが」

「……確かに『宝物庫』まではたどり着けたでしょう。ですが、鍵が失われていましたので、どうせ中には入れない。それが分かっていましたから。……貴男《あなた》がお持ちの、その『鍵』です」

「これのことか？」

達也《たつや》は左手に握り締めたままだった三つの『鍵』を、手を開いて老人に見せた。

「おおっ……まさにそれです。失われた『月の鍵』を一体何処《どこ》で手に入れられたのですか？」

「月の鍵、とは？」

老人の視線から何となく分かっていたが、念の為《ため》に達也《たつや》は訊《たず》ねた。

「これは失礼。貴男《あなた》がお持ちの『鍵』の内、白い石です」

「それぞれに名前が付いているのか……」

「黄色の石は『日の鍵』、青い石は『空の鍵』と呼ばれています」

「月、日、空か。ではやはり、この三つの遺物は鍵そのものなのだな？」

達也《たつや》の口調は事務的なものだったが、心の中では「まさか本当に鍵だったとは」と偶然に苦笑していた。

「先祖から伝えられたところによりますと、日と月と空の三つの『鍵』が揃《そろ》わなければ『宝物庫』の扉は開きません。しかし『月の鍵』は長らく行方が分からなくなっていました」

「長らく？」

「伝えられている限りでは千年以上。……もしかしたら『宝物庫』が閉ざされた当初から、隠されていたのかもしれません。『遺産』が誰の手にも渡らぬように」

「それでは『鍵』の意味が無いだろう」

達也《たつや》に固定されていた老人の視線がフッと外れた。達也《たつや》の言葉が耳に痛くて目を逸《そ》らしたという感じではない。老人の目は、何処《どこ》か遠くを見ているようだった。

「……『日』と『月』と『空』の『鍵』を手にした者に幻力《マーヤー》の試練を与えよ」

「幻力《マーヤー》？　ヒンドゥーの神々が操る、幻影を生み出す力のことだな？　試練とはイスマーイール・サーマーニーとチョル・バクル、それにさっき仕掛けてきた幻術のことか？」

「試練を乗り越えた者に遺産への道を示すべし」

老人は達也《たつや》の問いに答えなかった。だが結果的に、彼のセリフは回答になっていた。

「日本からのお客人。貴男方《あなた》のお蔭《かげ》で私たちはようやく、この終わりの見えなかった務めから解放されそうです」

どうやらこの老人を始めとする八人は『遺産の守人《もりびと》』という役目を重荷に感じていたようだ。

そう思いながらも達也《たつや》は、同情を特に見せなかった。淡白な口調で「そうか」と告げるだけで、彼は先程老人が指差した床に目を向けた。

「タツヤ。つまりあの幻術は、『遺産』へのアクセス権を懸けたテストだったということ？」

「そうらしい」

リーナの問い掛けに答える間にも彼の目は床を——その遥《はる》か地下を見詰めている。

「わたしたちはテストに合格したのですね」

「そうだな」

話し掛けてきた相手が深雪《みゆき》であれば、達也《たつや》もそちらに目を向ける。だがそれもほんの短い時間だけだった。達也《たつや》はいったん床に視線を戻し、それから左手の『鍵』へ意識を向けた。

「おおっ！」

『遺産の守人《もりびと》』たちから驚き、期待、感嘆など様々な感情が入り混じった声が上がる。

『鍵』はぼんやりと、だが肉眼でも視認可能な光を放っていた。

守人《もりびと》の一人が壁際《かべぎわ》に走り照明を消した。

『鍵』が放つ光が明瞭になる。

達也《たつや》はさらに、右手で腰のポーチから『コンパス』を取り出し左手の『鍵』に重ねた。

全方向へ均等に放たれていた光に偏りが生じる。

その向きは、達也《たつや》の左前方。達也《たつや》がそちらへゆっくりと移動すると、光の偏りは、徐々に真下方向へ近付いていった。

そしてある一地点で、完全に真下へ向く。

達也《たつや》は足を止め、『鍵』と『コンパス』をウエストポーチに戻した。

「そこなの⁉」

達也《たつや》の言葉を待ちきれなかったリーナが摑《つか》みかからんばかりの勢いで訊《たず》ねた。

「リーナ、落ち着きなさい。……達也《たつや》様、そこを掘れば良いのでしょうか？」

リーナをたしなめた深雪《みゆき》も実は、落ち着きを失っていた。深雪《みゆき》にも不可能では無いが、適性からいって坑《あな》を掘るのはやはり達也《たつや》の役目だ。

達也《たつや》は当然、そのつもりだった。

「早速潜ってみよう。見付けたら呼ぶ」

「分かりました」「待ってるわよ！」

深雪《みゆき》の返事に、リーナの叫び声が重なった。


達也《たつや》の身体《からだ》は見る見る内に、地中へと沈んでいく。

守人《もりびと》たちの表情は驚愕《きょうがく》に固まっていた。息をしているのかどうかも疑わしい。床を分解し地盤を分解していく達也《たつや》の魔法から、彼らは目を離せずにいる。

「……まさか、まさか本物の、シヴァの幻力《マーヤー》を目にする日が来ようとは……」

『遺産の守人《もりびと》』の代表の老人が感極まった声を上げた。

もっともこのセリフは彼らの言語で紡《つむ》がれていた為《ため》、深雪《みゆき》にもリーナにも意味は理解できなかった。ただ「シヴァ」と「マーヤー」という単語が聞き取れただけだ。

「……この人たち、ヒンドゥー教徒なのかしら？」

リーナが頭に浮かんだ疑問を小声で深雪《みゆき》に投げ掛ける。

「達也《たつや》様は『マーヤー』をヒンドゥーの神々の力だと仰《おっしゃ》っていたし、何か関係はあるんじゃないかしら。ヒンドゥー教徒かどうかは別にして」

二人の話し声は音量が低く抑えられていたが、すぐ近くにいる守人《もりびと》たちに聞こえない程ではなかった。

彼らの内、少なくとも代表の老人は日本語を理解できる。だが老人も彼の仲間も、リーナと深雪《みゆき》の会話に反応しなかった。彼らの意識は達也《たつや》の魔法に釘付《くぎづ》けとなっていて、深雪《みゆき》とリーナの声は耳に入ってもその意味が意識に入っていなかった。

熱に浮かされたような目付きは、単に自分たちでは手が届かなかった『宝物庫』――遺跡に触れることができるというだけではなさそうだ。だが一心に達也《たつや》が掘った坑《あな》を見詰めている彼らには、宗教的、あるいは狂信的とも言えるような、質問を憚《はばか》られるような雰囲気があった。

達也《たつや》が坑《あな》の中から出て来るまで、そう長い時間は経過しなかった。

「タツヤ、あったの⁉」

飛行魔法を操って坑《あな》の底から床に戻った達也《たつや》にリーナが詰め寄る。

「リーナ、落ち着きなさいって」

達也《たつや》に「摑《つか》みかからんばかりの勢いで」ではなく実際に摑《つか》みかかっていたリーナを引き剝がして、入れ替わりに深雪《みゆき》が彼の前に立った。

「そんなに嫉妬しなくても……」

「嫉妬ではありません！」

冗談に真顔で反応されて、リーナは「おー怖《こわ》……」と小声で呟《つぶや》きながら仰《の》け反《ぞ》った。

深雪《みゆき》が小さく咳払《せきばら》いをする。第三者である『遺産の守人《もりびと》』たちの目があるのを思いだしたのだろう。彼女は仕切り直しを図ったのだった。

「達也《たつや》様、発掘は成功ですか？」

「遺跡と思われる石室を発見した。大きさは幅と高さがそれぞれ三メートル程だ」

「案外小さいのね……」

落胆と意外感をこめてリーナが呟《つぶや》いた。

「大切なのは中身だ」

その呟《つぶや》きを拾って、達也《たつや》は慰めとも戒めとも取れる応えを返す。

リーナが「そ、そうね」と己を励ますように言うのを聞きながら、達也《たつや》は守人《もりびと》の老人に向き直った。

「これから中に入るつもりだが、一緒に来るか？　貴男《あなた》たちにはその資格があると思う」

老人は目を見開き、わずかな間《ま》を置いて首を横に振った。それは達也《たつや》たちの文化に合わせた仕草だった。

「守人《もりびと》であるにも拘《かか》わらず『鍵』を見失ってしまった私たちには、遺産に触れる資格はありません。予言された『鍵』の担《にな》い手《て》であり、シヴァの幻力《マーヤー》の担《にな》い手《て》である貴男《あなた》に遺産はお任せします」

何だ、シヴァの幻力《マーヤー》というのは。——達也《たつや》はそう思った。それは疑問と言うよりツッコミに近い思考だった。

彼の隣では深雪《みゆき》とリーナが疑問を覚えている顔をしている。特にリーナは問《と》い質《ただ》したがっているようだった。

「そうか。ではその言葉に甘えよう」

しかし彼は訊《たず》ねなかった。リーナにも質問の暇《いとま》を与えなかった。深入りしてもろくなことにならない、と感じたからだ。

「二人は付いてくるだろう？」

達也《たつや》は坑《あな》の縁で振り返り、深雪《みゆき》とリーナに訊《たず》ねた。

「はい」「ええ、行くわ」

二人が同時に答える。

「灯《あか》りは任せる。減速魔法ではなく飛行魔法で付いてきてくれ」

達也《たつや》はそう言って、坑《あな》から出てくる時にも使った飛行デバイスを作動させた。

その上で、縦坑《あな》の中に飛び降りる。

二人も飛行魔法を発動して、深雪《みゆき》、リーナの順番で達也《たつや》の後に続いた。

達也《たつや》、深雪《みゆき》に続いて最後にリーナが坑《あな》の底に到着する。狭くはない。達也《たつや》は三人が並んでも十分に余裕がある広さで坑《あな》を空けていた。

深さは五十数メートルにも及んでいる。深雪《みゆき》が作り出した魔法の灯《あか》りがなければ、三人は真の闇に包まれていただろう。

「──これが遺跡?」

リーナが見ている先には平らな石の壁があった。磨き上げられたように滑らかで、真っ平らな歪《ゆが》みの無い平面。絶対に自然物でない、とは言い切れないが、人工物の可能性の方が遥《はる》かに高い。

その磨き上げられた平面に三箇所だけ、高さ一メートル前後の場所に同じ大きさの円形の窪《くぼ》みがある。現代の工具で刳《く》り貫《ぬ》かれたように綺麗《きれい》な切削面で、しかも正三角形に配置されている。仮にこの石壁の表面が自然に研磨された物だとしても、あるいは大規模な劈開《へきかい》の産物だとしても、この窪《くぼ》みに限って言えば明らかに加工されたものだ。

「シャンバラの遺跡とは断言できない。だが『鍵』が反応しているのはここだ」

「つまり、シャンバラの遺産でなくとも何かがある……ということですね?」

「そういうことだ」

励ますような口調で問い掛けた深雪《みゆき》に、達也《たつや》は「心配するな」と言いたげな表情で頷《うなず》いた。

「じゃあ早速、中をのぞいてみましょうよ。この向こうは空洞になっているの? さっきは石室とか言っていたけど」

リーナが逸《はや》る気持ちを隠そうともしない態度で達也《たつや》を促した。

「中がどうなっているかは『視《み》』えなかった」

だが思い掛けない回答に、二人揃《そろ》って大きく目を見開く。

「達也《たつや》様のエレメンタル・サイトを以《もっ》てしても見透《みとお》せなかったのですか!?」

特に深雪《みゆき》は、驚愕《きょうがく》で顔から血の気が引いて真っ青になっていた。

「暗号化された高密度の情報が壁の内側に張り巡らされている。その所為《せい》で空間の情報が上手《うま》く読み取れない」

「本物みたいね！」

リーナが興奮で顔を赤らめる。情報次元へのアクセスを阻害する程の高密度の情報が、自然に蓄積されるはずはない。この石壁の向こうにレリックかそれ以上の物が眠っているのは確実だとリーナには思われたのだった。

「壁の厚さはどれ位？［分子ディバイダー］で切り取れるかしら？」

「落ち着け、リーナ。壊さなくても多分、中には入れるはずだ」

達也《たつや》はそう言って、ポーチから『鍵』を取り出した。

興味津々《きょうみしんしん》の目付きで達也《たつや》を見詰めるリーナ。いや、彼女だけではない。深雪《みゆき》も同等の熱量が込められた眼差《まなざ》しを達也《たつや》に向けている。

壁に穿《うが》たれた三つの丸い窪《くぼ》みは上向きの正三角形に配置されている。

その、上の窪《くぼ》みに達也《たつや》は白い石の円盤『月の鍵』を押し込んだ。

「ピッタリだわ……」

リーナが熱に浮かされているような口調で呟《つぶや》く。

次に達也《たつや》は、右の窪《くぼ》みに青い石の円盤『空の鍵』を、左の窪《くぼ》みに黄色の石の円盤『日の鍵』を押し込む。

三つとも、綺麗《きれい》に嵌《は》まっている。窪《くぼ》みの大きさと『鍵』の大きさはピタリと一致していて、手を離しても『鍵』は壁から落ちなかった。

達也《たつや》が最後の『日の鍵』から手を離した直後、石壁に細かい振動が生じた。

震えたのは一秒未満。

振動が収まると、今度は壁の一部が動き始めた。

高さ約二メートル、幅約一メートル。『鍵』が嵌《は》まった箇所を中心にして、人が通り抜けるのにちょうど良い大きさで石壁の一部が奥に沈み始める。

同時に『鍵』が三つとも壁から排出された。達也《たつや》はそれらを全て、素早く空中でキャッチして回収する。

石壁は三十センチほど沈み込んだところで後退を止めた。かと思えば今度は左にスライドしていく。石壁の変化が止まり、三人の前に高さ約二メートル、幅約八十センチの入り口が開かれた。

「安全を確認する。そこで待て」

達也《たつや》の声に、深雪《みゆき》とリーナの硬直が解ける。

「お待ちください！　危険です！」

深雪《みゆき》が慌てて達也《たつや》を制止した。

「念《ねん》の為《ため》、これを持っていてくれ」

達也《たつや》はそう言って深雪《みゆき》に『鍵』を手渡した。

「もしもの時はそれを使って扉を開けてくれれば良い」

不安の欠片《かけら》も無い達也《たつや》の表情を見て、いつもどおり思《おも》い止《とど》まらせることはできないと深雪《みゆき》は覚《さと》った。

「分かりました。お気を付けて」

達也《たつや》が躊躇《ためら》う素振りも無く石室の中に足を踏み入れる。彼が入った後も、石室の中は暗いままだった。肉眼以外の視力を使っているのだろう。小さな足音だけが中から聞こえる。

三分程して、彼は石室から出て来た。

「扉の裏にも鍵穴があった。中からも開けられるシステムになっているようだ」

「閉じ込められることはないということね」

「仮に閉じ込められても問題は無い。遺跡の壁は内側から［分解］できる。その後の［再成］も可能だ」

「それならば心配ありませんね」

達也《たつや》の言葉に何の疑いもなく深雪《みゆき》は安堵《あんど》の表情を浮かべた。

「じゃあ中に入りましょ」

待ちきれない顔でリーナが促す。

三人は達也《たつや》、リーナ、深雪《みゆき》の順番で石室に入った。

「言い忘れていたが――」

石室に入ってすぐ、達也《たつや》が二人の方に振り向いて口を開く。

それを合図にしたかのように、深雪《みゆき》たちの背後から擦過音が聞こえた。

深雪《みゆき》とリーナが慌てて同時に振り返る。

その不吉な軋《きし》みは石室の扉が閉まっていく音だった。

「ちょっと！　ま、待ちなさい！」

焦《あせ》りを露《あら》わにして駆け出そうとするリーナ。扉が閉まりきる前に脱出するつもりだろうか。

それともまさか、岩の板でできた扉を腕力で止めるつもりなのだろうか。

扉が閉まる速度は結構速い。あの勢いで、見た目どおりの重量があるとすれば、挟まれれば命に関わるだろう。付いているかどうか分からない安全装置を当てにはできない。

「リーナ、落ち着け」

達也《たつや》がリーナの腕を摑《つか》んで引き止めたのは、当然の反応だった。

「ああっ！」

リーナが悲鳴を上げる。

岩の扉は、完全に閉じられた。

深雪《みゆき》が魔法で作った灯《あか》りは石室の外だ。彼女たちの視界は完全な暗闇に閉ざされた。

「どどどうするのよ！　と、閉じ込められちゃったじゃない！」

「だから落ち着け」

「も、もうこうなったら［分子ディバイダー］で……、キャッ！」

リーナが最後に上げた悲鳴は、額を襲った衝撃によるものだ。

その正体は、達也《たつや》によるデコピンだった。

「痛《いった》ぁ……」

「落ち着けと言っているだろう。深雪《みゆき》、灯《あか》りを頼む」

「は、はい」

扉が閉まったのは深雪《みゆき》もショックだったが、彼女の場合はリーナが騒いだ所為《せい》で狼狽《ろうばい》を表に出すタイミングを失っていた。

達也《たつや》の指示で作り直された灯《あか》りが石室内を照らす。

リーナを見下ろす彼の顔には、呆《あき》れ返《かえ》った表情が浮かんでいた。

「――『鍵』を持った者が石室に入ると扉が閉まる仕組みになっている。遺跡の仕様のようだ

から警戒する必要は無い」

「先に言ってよ！」

平然としている達也《たつや》に、リーナが涙目で食って掛かる。

今回ばかりは深雪《みゆき》もリーナの失礼な（？）態度をたしなめなかった。

「すまない。怖かったか？」

「こ、怖くなんかなかったわよ！」

「閉じ込められても問題は無いと、納得していると考えていたのだが」

「だから怖くなかったって言ってるでしょう！」

「……分かった。そういうことにしておこう」

「そういうことって何よ！」

「リーナ、そろそろ落ち着きなさい。達也《たつや》様も煽《あお》らないでください」

達也《たつや》もリーナも何事か言いたそうだったが、二人とも口をつぐんだ。こんなことで時間を浪費している場合ではないと、二人とも理解していた。

「ところで達也《たつや》様。奥にあるのは祭壇でしょうか？」

見れば分かることを深雪《みゆき》が訊《たず》ねたのは、雰囲気を変えようと思ったからだった。

そう、見れば分かる。

石室の奥は、明らかに祭壇だった。

壁と一体になった高さ一・二メートル前後の壇上に杯と杖《つえ》が置かれている。

杯は直径三十センチ前後。透明で、おそらく水晶製だ。

杖《つえ》は長さ五十センチ前後。長さから言えば「杖《つえ》」ではなく「棒」と呼ぶべきだが、頭に宝珠が嵌《は》まっている形状は小さくても「杖《つえ》」と呼ぶべきだった。材質は不明。色は真鍮《しんちゅう》に似ているが、手触りは木のような質感があった。歪《ゆが》みの無い真球の宝珠はおそらく石英ガラス。溶融した天然水晶を固めて成形した溶錬水晶だろう。ただ未知の微細構造があって、達也《たつや》のエレメンタル・サイトを以《もっ》てしても、材質の完全な鑑定は不可能だった。

なお杖《つえ》の長さが五十センチ前後というのもエレメンタル・サイトで調べた結果だ。肉眼で見えているのはその内の上半分。下半分は祭壇に埋まっている。

「うーっ……。これ、どうやって抜くの？　無理をしたら折れそう……」

顔を赤くし息が荒くなったリーナに代わって、今度は深雪《みゆき》が杖《つえ》に手を掛けた。

「抜けませんね……」

リーナとは対照的に、深雪《みゆき》はすぐに杖《つえ》から手を離した。

「降参です。達也《たつや》様、どうやって抜くのですか？」

深雪《みゆき》があっさりした態度なのは、達也《たつや》になら杖《つえ》を抜けると確信しているからだ。実を言えばリーナが向きになって奮闘していたのは、彼女が「やってみたい」と杖《つえ》の前に立った達也《たつや》を押し退けたからだった。

「このやり方で抜けるはずだ」

達也《たつや》はそう言いながら杖《つえ》を右手で握り、左手を祭壇に固定された水晶の杯に翳《かざ》した。

杯に酒を満たすように、達也《たつや》が左手から想子《サイオン》を注ぐ。

透明だった杯が揺らめく虹色の光を帯びた。その光はわずかな時間差で杖《つえ》の宝珠に移る。

宝珠の光が収まった時、杖《つえ》を台座に縫い付けていた抵抗は消《き》え失《う》せた。

「……意外に単純な仕組みだったのね」

「まあな」

リーナの負け惜しみを達也《たつや》は軽く流した。

「ゴブレットのイメージが魔法的な力の受け皿の象徴として使われていることくらい、ワタシだって知っているわ。でもまさか、イメージじゃなくて実物のゴブレットが想子《サイオン》を注ぐ装置になっているなんて、単純すぎてかえって分からなかったわよ」

リーナがグチグチと言い訳じみたセリフを呟《つぶや》いているのは、自分でも負け惜しみだと自覚しているからだった。そこに追い打ちを掛ける悪趣味を達也《たつや》は持ち合わせていない。

なお祭壇に載っている杯は、ゴブレットと言うより日本で馴染《なじ》みがある大杯に形が似ているのだが、これは余談だ。

「その杖《つえ》がシャンバラの遺産なのでしょうか」

「いや、おそらく本命はそっちだな」

達也《たつや》はそう言って側方の壁を見た。

深雪《みゆき》とリーナが二人並んで壁に顔を近付ける。

「材質が違う石のパネルが嵌《は》まっている箇所があるようですが……」

「パネルに微妙な凹《へこ》みがあるわね……。その杖の宝珠《ワンドオーブ》とピッタリ重なりそうな感じ……」

「鋭いな、リーナ」

達也《たつや》が漏らした一言は皮肉でも揶揄《やゆ》でもない、純然たる称賛だった。

「な、何、いきなり」

リーナはこれに、喜ぶよりむしろ面食らってしまう。

「曲率が一致することはエレメンタル・サイトで『視《み》』て分かっていたが、肉眼による観察でそれに気付くとは……正直、驚いた」

「た、偶々《たまたま》よ、偶々《たまたま》。そんなに感心されることじゃないわ」

達也に褒められることに慣れていないのか、リーナは分《わ》かり易《やす》く動揺していた。

「そのパネル……石板が、外部からの視認を妨げていた高密度情報の発生源だ」

恥ずかしそうに目を逸《そ》らしていたリーナと、そんな彼女を羨ましそうに見ていた深雪《みゆき》が改めて壁に嵌《は》まったパネル――石板を凝視する。

「石板は左右の壁に六枚ずつ。材質は『導師《グル》の石板』と同じ物に見える」

「本当だ……一枚だけじゃないわ」

達也《たつや》の言葉にリーナは近付けていた目を左右に動かし、

「あの石板と同じ……」

深雪《みゆき》は石板に触ってその感触を確かめた。

「そして石板の凹《くぼ》みと宝珠の球面の曲率が一致するということは、こうやって使うのだろう」

達也《たつや》はそう言って、杖《つえ》の宝珠を石板の凹《へこ》みに押し当てた。

それだけでは何も起こらなかった。

だが彼が杖《つえ》を握る右手から想子《サイオン》を流した直後。

数百人が同時に喋《しゃべ》り出したようなざわめきが、深雪《みゆき》とリーナを襲った。

騒音の不意打ちに深雪《みゆき》もリーナも耳を塞ぎ目を閉じて俯《うつむ》いた。しかし反射的なその行為は、話し声を遮ってはくれなかった。肉体的な視覚と聴覚を遮断したことで、二人はその「声」が物理的な音ではないと覚《さと》った。

その認識と同時に、彼女たちはそれぞれに精神的な防御魔法を発動した。

深雪《みゆき》は［コキュートス］を応用して、自分の意識に接触した精神波を凍結する防壁を展開。

リーナは［仮装行列《パレード》］を使って、自分の精神の在処《ありか》を「ここでは無い何処《どこ》か」に設定。

押し寄せる思念波の影響から逃れた二人は、この現象の発生源と思われる石板に接触している達也《たつや》の安否を確かめるべく、彼に目を向ける。

「タツヤ、どうしたの⁉」

そして懸念《けねん》が的中していたことに狼狽《ろうばい》し、悲鳴のような声を上げた。

達也《たつや》の様子がおかしい。石像のように、身体《からだ》も表情も固まっている。目の焦点が合っていない。まるで無限の彼方《かなた》を見詰めているような瞳だ。

「達也《たつや》様、大丈夫ですか⁉」

「ミユキ！」

達也《たつや》に駆け寄って縋《すが》り付《つ》こうとする深雪《みゆき》を、リーナは羽交い締めにして止めた。

「動かしちゃ駄目！　タツヤは多分、トランス状態よ」

「トランス状態？」

「ええ。スターズの同僚にアレクっていうシャーマンの能力を受け継いでいた人がいたんだけど、彼が時々見せてくれた憑霊術《ひょうれいじゅつ》に良く似ている。精霊を降ろしている時の——トランス状態のシャーマンは絶対に動かしちゃ駄目だって、アレクは言っていた。今のタツヤもきっと同じ。だから触れない方が良い」

「でも」

「タツヤなら何があっても大丈夫よ。ワタシよりミユキの方が良く知っているはずでしょ？」

「……ええ、そうね。取り乱してごめんなさい。それと、止めてくれてありがとう」

深雪《みゆき》が落ち着きを取り戻したのを確かめて、リーナは彼女を解放した。

「それにもし遺跡が危険な物だったら、タツヤがミユキを連れてくるはずがない」

「分かっているわ。達也《たつや》様は対処できない危険に自分から手を出すような方ではないということも。大丈夫……ええ、大丈夫よ」

そう言いながら深雪《みゆき》の両手は胸の前で固く握り合わされていた。

まるで、祈るように。


達也《たつや》が戻ってきたのは、約四分後、厳密に言えば四分十六秒後のことだった。数回瞬《まばた》きしただけで、彼はすぐに普段の姿を取り戻した。

「すまない。心配させてしまったな」

「えっ、いえ……そのようなことは」

達也《たつや》に謝罪されて、深雪《みゆき》は咄嗟《とっさ》に誤魔化そうとした。

「リーナ、深雪《みゆき》を宥《なだ》めてくれたこと、感謝する」

「タツヤ、貴男《あなた》……」

「達也《たつや》様、もしかして意識がお有りだったのですか？」

「二人の声は聞こえていた。ただ、押し寄せる情報を処理するのに精一杯で、声を出す余裕も無かった」

「そんな」

目を開けていても何も見えていない、何も聞こえていないと思い込んでいた深雪《みゆき》は、達也《たつや》の告白を聞いて両手で顔を覆った。

「……お恥ずかしいところをお見せしました」

広げた両手の下から、蚊の鳴くような声を深雪《みゆき》は漏らした。

そのまま約三十秒。

「心配してくれてありがとう」

深雪《みゆき》の羞じらいが収まってきたのを見計らって、達也《たつや》は彼女に声を掛けた。深雪《みゆき》が躊躇《ためら》いがちに顔を隠していた手を下ろし、ようやく話を進められる状態になる。

「――それでタツヤ、何があったの？」

深雪《みゆき》が羞恥心の虜《とりこ》になっている間、無の表情で待機していたリーナが口火を切った。

「シャンバラの遺産は知識だった」

「知識！」

「そのパネルはやはり、『導師《グル》の石板』だったのですか？」

リーナが興奮も露《あら》わに歓声に似た声を上げ、深雪《みゆき》が期待と懸念《けねん》が混じった声で問い掛ける。

深雪《みゆき》の問いに懸念《けねん》が含まれていたのは、魔法をインストールする機能を持つ『導師《グル》の石板』は魔法演算領域を勝手に書き換えてしまう物ではないかと疑われているからだ。

「違うと思う。未知の魔法に関する知識は確かに含まれていたが、それを自動的にインストールする物ではない。大辞典……いや、おそらくちょっとした図書館に匹敵する情報量が一枚の石板に封じ込められていた。多分、他の十一枚も同じだろう」

「同じ情報が記録されているということ？」

リーナの質問に、達也《たつや》は「いや」と首を横に振った。

「あくまでも予想だが、一枚一枚に同等の量の、それぞれ異なる情報が収められている」

「つまり、図書館十二棟分の知識がここには保管されているのですか？」

「もしかしたら魔法大学の蔵書に匹敵するかもしれない」

深雪《みゆき》の問い掛けに、達也《たつや》は推測の形を取りながらもしっかりと頷《うなず》く。

「大図書館ですね……」

達也《たつや》の回答を聞いて、深雪《みゆき》の口からしみじみとした感嘆が漏れた。デジタル化された魔法大学の蔵書は紙の本が主流だった時代の図書館の比ではない。

「タツヤはその図書館一つ分の知識をさっきの数分で覚えたの？」

「頭には入っていると思う。だが項目が多すぎて、自由に思い出すのは難しい」

「……確かにそれだけの知識を一気に詰め込んだら、検索エンジンが必要になりそう」

リーナが達也《たつや》に向けた眼差《まなざ》しには、同情の色が混じっている。

「時間を掛けて整理するさ。無視できない情報もあったしな」

「何か、良くないことが記されていたのですか……？」

深雪《みゆき》が達也《たつや》に一歩近付いて、彼の顔を心配そうに見上げた。

「予想されていたことだが、シャンバラの遺産には極めて危険な魔法が含まれていることが分かった」

「……やはり、戦略級魔法に匹敵する大規模魔法が？」

「ああ」

「そのデータは、ここにあるの⁉」

リーナが焦《あせ》った声で訊《たず》ねる。

「まだ分からない。そういうものがあると判明しただけだ。だから、全ての石板を確認しなければならない」

「そう、ですね」

深雪《みゆき》がやむを得ないという表情で頷《うなず》いた。彼女としては先程のような状態の達也《たつや》を見たくないのだが、戦略級魔法を放置できないという意見には反対できなかった。

「実は今の一枚も、まだ十分の一しか読み込めていない。十二枚全てを閲覧するのに、九時間近く掛かる計算だ。いったん上に戻って、準備をしてからまた来よう」

「そうですね……。それほど膨大な情報であれば何日かに分けて、手分けして読み取った方が良いでしょうし」

「いや」

自分も蔵書の読み込みに参加するつもりだった深雪《みゆき》の言葉を達也《たつや》は短く、だが誤解の余地が無い口調で否定した。

「時間は掛けられない」

ただ誤解が起きないように、すぐに補足する気遣いはあった。

「探索が不首尾に終わっても、明日には帰国しなければならなかった。今夜、運良く遺跡を見付けられたのだ。明日の朝までに遺産は全て回収する」

「そうでしたね」

藤林《ふじばやし》から帰国をせつかれていることは深雪《みゆき》も知っている。ここは無理をする場面だと、彼女はすぐに理解した。

「ならば尚更《なおさら》、三人で手分けを……」

「それではかえって効率が悪い。水と、すぐに手に入るなら酸素ボンベを持って俺一人で読み取る」

「大丈夫なの？　頭がパンクしない？」

からかうのではなく心配そうにリーナが問い掛ける。

深雪《みゆき》もリーナも、達也《たつや》を見詰める二人の眼差《まなざ》しは「無茶をしないで」という同じメッセージを伝えていた。

「人間の精神はそれ程ちっぽけなものではないさ」

達也《たつや》にも二人の気持ちは読み取れていたが、方針を変えようとはしなかった。

◇◇◇

日付は変わって、現地時間午前五時。いったん達也《たつや》と分かれて連邦魔法大学を後にした深雪《みゆき》とリーナは、今度は正門から合法的に入構した。大学の事務員でもあった『遺産の守人《もりびと》』が門を開けて二人を通した。

深雪《みゆき》は焦《あせ》りを隠せぬ面持ちで、リーナはそんな深雪《みゆき》を気遣う表情で遺跡の上に建てられた倉庫へ急ぐ。二人がその建物の前にたどり着くと、扉が内側から開いて達也《たつや》が姿を見せた。

「達也《たつや》様、大丈夫ですか⁉」

深雪《みゆき》が駆け寄って正面から達也《たつや》の顔を見上げる。外見で判断する限りでは、達也《たつや》は少し疲れているだけに思われた。

「お身体《からだ》に不調はございませんか？　精神的な消耗の兆《きざ》しなどは……」

「そう心配するな。肉体にも精神にも異常箇所は無い」

達也《たつや》が浮かべた笑みには余裕が感じられた。強がっている様子は見られない。

それを間近で感じ取り、深雪《みゆき》はホッと胸を撫《な》で下《お》ろした。

「タツヤ、何それ？」

深雪《みゆき》が落ち着いたのを見計らってリーナが訊《たず》ねる。達也《たつや》が右手に持っている細長い布包みの中身を知りたくて、リーナはさっきからうずうずしていた。

「これか？」

そう言いながら達也《たつや》は包みを胸の前に持ち上げて、布の一部を外して包まれている中の物を見せた。

「それは……遺跡にあった杖《つえ》？」

「そうだ。彼らが持って帰っても構わないと言うのでな」

「それは『宝物庫』に認められた正統な相続人である貴男《あなた》の物です」

達也《たつや》の言葉を受けて、『遺産の守人《もりびと》』を代表していた老人が告げた。

「正統な相続人……？」

「彼らの間ではそういうことになってしまったようだ」

リーナの訝《いぶか》しげな声に、達也《たつや》は苦笑気味に答えた。

「管理人から正当な所有権を認められたのであれば結構なことではありませんか。何も憚《はばか》ることと無く日本に持ち帰れます」

「IPUの法律では盗掘に該当するのだろうけどな……」

深雪《みゆき》の堂々とした言葉に、達也《たつや》は「気味」ではない苦笑を漏らす。

「でも、持って帰るんでしょ？」

リーナが「ニヤリ」という形容が似合う笑みと共に訊《たず》ねる。

「ありがたく頂戴する」

達也《たつや》は「堂々と」と言うより「厚かましい」の方が似合っている態度で、リーナの指摘を認めた。

「これが無いと不便だ」

そして、冗談とは思われない口調で付け加える。

「……その杖《つえ》には、遺跡の外でも機能する特別な力が秘められているのですか？」

深雪《みゆき》の問い掛けに、達也《たつや》は表情までシリアスになった。

「ある意味で、現代の魔法師《メイジスト》が欲しがる『シャンバラの遺産』は、この杖《つえ》だと言える」

真顔で告げた達也《たつや》に、深雪《みゆき》とリーナも神妙な表情になって布に包まれた杖《つえ》を見詰めた。

◇　◇　◇

その日の夕方。昨日から一睡もしていない達也《たつや》は、ブハラ国際空港に来ていた。

本来は空港職員用の個室で、会議用のテーブルを挟んで達也《たつや》と向かい合っているのは、急《きゅう》遽《きょ》ハイダラーバードから飛んできたチャンドラセカールだ。秘密の話をするのに、この部屋を確保したのも彼女だった。

「残念ながらシャンバラの遺跡と呼べる物は発見できませんでした」

達也《たつや》はそう言って、テーブルの上に二枚の石板を置いた。

「今回の発掘調査の成果です。博士にお預けします」

「これは、どこで？」

「イスマーイール・サーマーニー廟《びょう》とチョル・バクル・ネクロポリスです。シャスタ山で発掘した遺物によって地中に埋まっている祭壇を発見できました」

「アメリカのシャスタ山で……。では、その遺物をお譲りいただくわけには参りませんね」

「また機会を見付けて、発掘調査にチャレンジしたいと考えています。その際は、博士にも調査に同行いただければと」

「ええ、機会がありましたら是非……。ところでこちらの石板は、本当に私がお預かりしてよろしいのですか？」

「私には極めて古い形式の、ヴェーダの系統の祭文が刻まれているとしか分かりませんでした。博士ならばもっと詳しいことがお分かりになるのではないでしょうか」

「……貴重な研究資料として、お預かりさせていただきます」

チャンドラセカールが石板を引き寄せたのを見て、達也《たつや》が立ち上がった。

「すみません、博士。本来ならば丁寧に御礼《おれい》しなければならないところなのですが、急に帰国しなければならなくなりまして」

「ミスターのお立場ならば、そういうこともやむを得ないと思いますよ」

一拍遅れて、チャンドラセカールも立ち上がる。

「博士。この度はまことに、お世話になりました。今後、私にできることがあれば可能な限りご協力させていただきますので、ご遠慮なく仰《おっしゃ》ってください」

「こちらこそ、有意義な時間を過ごさせていただきました」

達也《たつや》はチャンドラセカールと、別れの握手を交わした。

チャンドラセカールは最後まで、「シャンバラの遺跡は発見できなかった」という達也《たつや》の言葉を疑う素振りを見せなかった。

◇◇◇

達也《たつや》は帰国の為《ため》に自家用機を呼んだ。慣性制御と気流操作の魔法を組み込んだ極超音速小型ジェット機だ。だが自家用機であっても出国検査は当然ある。

「あの杖《つえ》、良く見付からなかったわね」

キャビンに乗り込んでシートに腰を落ち着けるなり、リーナは隣の席に座る深雪《みゆき》に話し掛けた。ただ彼女の目は深雪《みゆき》ではなく、彼女のスーツケースに向けられていた。

シャンバラの遺跡から持ち出した長さ約五十センチの杖《つえ》は、大型スーツケースにちょうど入る大きさだった。深雪《みゆき》は「女性の荷物の方が検査が甘くなるでしょうから」と言って杖《つえ》を自分のスーツケースに隠した。

だが言うまでもなく、税関の検査はそんなに甘いものではない。まして達也《たつや》一行は、密《ひそ》かに監視されていた。検査官には、遺物の持ち出しを厳重に検査するよう通達されていた。チャンドラセカールはそんな態度をおくびにも出さなかったが、心の中では当然の疑いを留保していたに違いない。

であるにも拘《かか》わらず、スーツケースに隠した杖《つえ》は透視装置にも金属探知機にも引っ掛からなかった。検査装置で検出できない以上、民間人であっても一般人ではない深雪《みゆき》には検査官も余り強いことは言えない。

「スーツケースを開けて見せろ」とは要求できても、名も無い一般人が相手の場合のように荷物に手を突っ込んでかき回すような真似《まね》までは、税関の検査官も怖くてできなかった。

それも無理はないだろう。相手は現代の魔王、個人で軍事大国と戦争ができる魔法師の身内だ。それもただの身内ではなく、最愛の婚約者だ。検査官は、本音では素通りさせたいところを公僕の使命感で何とか義務を遂行しているに過ぎなかった。決められている手順以上のことをやって相手の機嫌を損ねるリスクを冒すつもりは毛頭無かったのだ。

税関職員の心理は、リーナにも理解できる。だから彼女が訝《いぶか》しんだのは、最新の検査装置に引っ掛からなかったことについてだった。

「あの杖《つえ》は直接見ない限り、存在していないことになっている」

リーナの疑問に対する答えは深雪《みゆき》からではなく、アイマスクを着けて早くも仮眠態勢に入っていた達也《たつや》からもたらされた。

「……存在しないことになっている？」

「あれは可視光線を除く如何《いか》なる電磁波にも反応しない。X線も磁力線も全て素通りさせてしまう」

「なにそれ？　杖《つえ》の材質は金属じゃないの？」

リーナが大きく首を傾《かし》げた。彼女は杖《つえ》の材質を、真鍮《しんちゅう》色の金属と思い込んでいたのだ。

「今のところ未知の素材としか言えんな」

「未知の素材か……。何か凄《すご》いのね。今更だけど、失われた超古代文明！　って感じがしてきたわ」

達也《たつや》の回答に、リーナは改めて目を輝かせた。

「リーナ、そのくらいで良いでしょう。達也《たつや》様、もう結構ですから、お休みになってください」

深雪《みゆき》は杖《つえ》の正体よりも、徹夜で遺跡の調査をしてその後も仮眠すらしていない達也《たつや》の体調の方が気になっていた。

深雪《みゆき》の圧力により、キャビンに静寂が訪れる。小型ジェットが離陸し極超音速飛行に移行しても、それは変わらなかった。

【3】幸福の源

達也《たつや》たちを乗せた小型ジェットはマッハ七の最高速度にものを言わせて、二時間で日本に到着した。ただ時差の関係で、巳焼島《みやきしま》に着陸したのは深夜だった。

達也《たつや》、深雪《みゆき》、リーナは何時《いつ》も使っている別宅に直行し、兵庫《ひょうご》も彼の為《ため》に確保されている宿舎に向かう。彼らが活動を再開したのは、翌日の朝になってからだった。

達也《たつや》を待っていたのは大量の決裁文書。前世紀のように紙の書類がデスクに積み上がることこそ無かったが、決裁書にはそれに数倍するデータ量の報告書が付随している。留守を預かっていた藤林《ふじばやし》が焦《あせ》るはずだ。達也《たつや》の処理能力を以《もっ》てしても、午前中だけではペンディングになっていた決裁は完了しなかった。

「……達也《たつや》様、お疲れ様です」

昼食のテーブルで深雪《みゆき》が、気遣わしげに達也《たつや》を労《ねぎら》う。リーナも同席していたが、彼女は達也《たつや》に多少気の毒そうな目を向けているだけだ。普段、丁寧に扱われているか雑に扱われているかの違いが表れているのだろうか。

ただ表情にも口調にも、達也《たつや》に常と変わるところは無かった。表面的に見る限り、リーナを特に薄情と思う者は少ないに違いない。

「深雪《みゆき》、一つ頼まれてくれ」

このセリフも何気無いものだった。

「はい、何なりと」

だから深雪《みゆき》も、特に緊張することなく何時《いつ》もの調子で応じた。

「高千穂《たかちほ》と通信が可能になったら、光宣《みのる》と水波《みなみ》に巳焼島《みやきしま》へ降りてくるよう伝えてくれないか。シャンバラの遺跡について、全員に話したいことがある」

しかし、達也《たつや》の声に徒事《ただごと》では無い気配を感じ取って深雪《みゆき》は表情を引き締めた。

「時間は何時頃にいたしましょうか」

「三時で頼む。その頃にはたまっている書類も片付いているはずだ」

「かしこまりました」

深雪《みゆき》が丁寧に頭を下げた。

彼女だけでなくリーナまで、食事の手を止めて神妙な顔をしていた。

◇◇◇

テーブルを囲んでいる五人に兵庫《ひょうご》から冷たい飲み物が配られる。水波《みなみ》が居心地悪そうにしているのは、彼女のアイデンティティが今でも「メイド」だからだと思われる。

「兵庫《ひょうご》さんも座って下さい」

給仕《きゅうじ》を終えて退室しようとした兵庫《ひょうご》を達也《たつや》が呼び止めた。

兵庫《ひょうご》は無意味な遠慮はせず「かしこまりました」と答えてテーブル席ではない、部屋の隅に置かれていた予備の椅子に座った。彼に自分の分の飲み物を持ってくるように言っても無駄だと分かっていたので、達也《たつや》もそれ以上時間と労力を浪費しなかった。

「シャンバラの探索はまだ終わっていない」

達也《たつや》は飲み物に口も付けず、いきなりそう切り出した。

「えっ、どういうこと⁉」

真っ先に反応したのはリーナだ。

「ウズベキスタンのブハラで、シャンバラの遺産を手に入れたのではないのですか？」

続けて光宣《みのる》が問い掛ける。その口調はリーナと違って落ち着いたものだったが、意外感は隠し切れていなかった。

「そうだな。遺産の一つは手に入れた」

「……シャンバラの遺跡は、あれ一つではなかったのですか？」

今度は深雪《みゆき》が大きな意外感を露《あら》わにして質問する。

「まずシャンバラと呼ばれているものの正体から説明しよう」

深雪《みゆき》の問いに直接答えるのではなく、達也《たつや》はこう返した。

深雪《みゆき》だけでなく他の三人も、何となく居住まいを正す。なお人数に兵庫《ひょうご》が含まれていないのは、彼が最初からそういう体勢だったからだ。

「シャンバラというのはチベット語で『幸福の源に抱かれた』という意味だと言われている」

「確か『幸福の源』はヒンドゥー教の主神の一柱、シヴァの別名でもありますよね？」

シャンバラの語源については、光宣《みのる》も知っていたようだ。

「そうだ」

「やはり、シヴァ派の聖地だったのでしょうか？」

その上でこう訊《たず》ねたのは、以前から懐《いだ》いていた疑問が思わず零《こぼ》れ落《お》ちてしまったのだろう。

「いや、この場合はもっとダイレクトな意味だと解釈した方が良い」

「つまり人々に幸福をもたらす何か、あるいは誰かがいて、それに守られた土地がシャンバラ、ということですか……？」

深雪《みゆき》の推測に達也《たつや》は「その両方だ」と頷《うなず》きながら答えた。

「支配者が特殊な技術や知識を使って国を治めていたということ……？　タツヤ、もったいぶらずに早く教えてよ」

リーナがしびれを切らしたように続きを催促する。

しかし達也《たつや》は彼女が言うように、もったいぶったりはしなかった。

「シャンバラは世界各地に造られた一種のシェルターだ」

「世界各地に？」

「一体何から身を守る為《ため》のシェルターだったのですか？」

リーナと光宣《みのる》が次々に疑問を口にする。

深雪《みゆき》と水波《みなみ》は、達也《たつや》をじっと見詰めて説明の続きを待っていた。

「シャンバラは現在の中緯度地域から高緯度地域に複数建設された。時期は曖昧な推定でしかないが、ブハラで得た知識に照らして三万五千年前から一万五千年前の間だと考えられる」

「二万年も続いたの？」

リーナが半信半疑の口調で訊《たず》ねる。

「同じ場所に在り続けたのではなく、放棄と建設が何度も繰り返されたと記録されていた」

「つまりシャンバラって、土地の名前じゃなくシェルターの総称なのね？」

「正しくは後の時代の人々が当時のシェルターをそう呼んだということだ」

「三万五千年前と言えば、最終氷期の真っ直中……。もしかしてシャンバラは、氷河期の寒冷から逃れる為《ため》のシェルターだったのですか？」

問い掛けてくる相手がリーナから光宣《みのる》に替わる。

「そうだ。シャンバラは魔法によって生活環境と生産環境が守られたシェルターだった」

「……色々と納得できる気がします。シャンバラが雪山に囲まれた地にある理想郷という伝承も、一部でカーラチャクラ・タントラの記述を無視して北極地方が候補地と考えられていたのも、雪と氷に閉ざされた氷河期の、極寒の自然環境の記憶が反映していたんですね」

達也《たつや》の答えに、光宣《みのる》がしみじみと頷《うなず》いた。

「では……、シャンバラは魔法を基盤とする国だったのですか？」

「国と言うより都市国家だな。確かに、魔法師《メイジスト》が社会の運営に当たっていたようだ」

深雪《みゆき》の問い掛けに、達也《たつや》は一部修正を加える。

「魔法師《メイジスト》を貴族とする王制国家？」

リーナが深雪《みゆき》の横から口を挿《はさ》む。

「シャンバラの魔法師《メイジスト》はシェルターの維持を対価に生活を保障されていた。そうでない住民より優遇されていたかどうかは分からないが、貴族の一種とは言えるかもしれない」

「もしかして色々な神話の神々も、シャンバラの魔法師《メイジスト》が元ネタだったりするのかしら？」

「それは肯定も否定もできない。中にはそういう要素もあるだろうし、そうでない起源を持つ神話もあると思う」

「慎重なのね」

「デリケートな問題だからな。それに、今考えなければならないことでもない」

「では、達也《たつや》様は何が問題だとお考えなのですか？」

控えめに、本題につながる質問をしたのは水波《みなみ》だった。

「俺が今語ったことは、ブハラの遺跡にあった歴史書に記されていたことだ。だが遺跡にあったのは歴史の記録だけではない。未知の魔法も残されていた」

「達也《たつや》様、新しい魔法を身に付けられたのですか⁉」

「いや、手に入れただけだ」

深雪《みゆき》は嬉《うれ》しそうに訊《たず》ねたのだが、達也《たつや》の答えは奇妙な「否」だった。

「どういうこと？」

こういう場合、理解不能な点を遠慮無く訊《たず》ねるのは大体リーナの役目だ。

「順番に説明する」

こう言われて大人しく聞く態勢になったのは、リーナだけではなかった。

「遺跡の壁に固定されていた石板には『導師《グル》の石板』と同じ系統の魔法伝授の機能が組み込まれていた。石板一枚につき一つの魔法、あそこにあったのは十二の魔法だ。だがそれぞれの魔法は魔法演算領域に常駐する性質のものだった」

「……達也《たつや》様の［分解］や［再成］と同様に、魔法演算領域を占有して他の魔法の行使を妨げる性質があるということですね？」

「そうだ。俺の魔法演算領域ならば、一つの魔法で領域の三分の一の容量を占有すると予測される。既に魔法演算領域が埋まっている俺にはインストールできない。一つでもインストールしたなら［分解］か［再成］のどちらかを失ってしまう。それでは割に合わない」

「達也《たつや》様……。もしかして、今からでも遺跡で手に入れた魔法をインストール？　する手段があるのですか？」

「インストールって、コンピューターにソフトウェアをインストールするみたいに魔法師の精神に魔法を覚え込ませることができるの？」

「できる」

達也《たつや》の答えは深雪《みゆき》とリーナの質問に、同時に答えるものだった。

「シェルターを造った当時の魔法文明——名前が無いと不便だから仮に『シャンバラ文明』と呼ぶことにしようか。シャンバラ文明では魔法が生存環境を整える基盤だったこともあって、迅速確実に魔法を伝授する技術が確立していた。例の『導師《グル》の石板』も、シャンバラ文明の技術で作られた物だ」

「では、遺跡の石板はやはり『導師《グル》の石板』だったのですか？」

深雪《みゆき》の質問に達也《たつや》は「いや」と首を横に振った。

「使われている技術のレベルが違う。『導師《グル》の石板』は持ち運びが前提の簡易版で、遺跡に使われている技術の方が数段高度だ」

「メインフレームとパソコンみたいな物？」

「喩《たと》えが古いとは思うが……まあ、そんなものだ」

口を挿《はさ》んだリーナのセリフに、達也《たつや》は苦笑を漏らしながら頷《うなず》いた。

「しかし達也《たつや》様。遺跡の石板が据え置き型のコンピューターのような物だとすれば、離れた所からでは使えないのではありませんか？」

深雪《みゆき》がもっともな疑問を提示する。

「リモート端末があるんだ」

達也《たつや》の答えは現代の――二十一世紀の技術的産物ならば、何の違和感も無いものだった。

「そんな物があの遺跡に……？」

「これだ」

達也《たつや》があっさりとテーブルの上に置いたのは、遺跡から持ち帰った『杖《つえ》』だった。

「この杖《つえ》で――正確には杖《つえ》に付いている如意宝珠《にょいほうじゅ》で、遺跡のデーモンを呼び出すことができる」

「デーモン、ですか……？」

「魔物って意味じゃないわよね」

深雪《みゆき》とリーナが次々に首を傾《かし》げた。

水波《みなみ》も顔中に疑問符を貼り付けていたし、光宣《みのる》は強い視線で答えを要求していた。

「自然現象に伴うものではない情報体という意味では魔物や神霊の概念に当てはまるかもしれないが、我々が知っているもののなかでは人造精霊が最も近い」

「シャンバラ文明の人々が作った、魔法の機能を持つ独立情報体ということですか？」

最も速く達也《たつや》の言葉を理解したのは光宣《みのる》だった。

「魔法式と、発動に必要な事象干渉力を魔法師《メイジスト》から引き出す機能を、モジュール化して独立情報体を作製。それを魔法演算領域に寄生させる。これがシャンバラ文明の魔法伝授システムだ」

「寄生⁉」

リーナが跳び上がりそうな勢いで声を上げた。

隣では深雪《みゆき》が「声も出せない」という表情で固まっている。

「そのモジュール化した独立情報体が『デーモン』ですね。なる程……相応《ふさわ》しい名称だと思います」

光宣《みのる》は深々と頷《うなず》きながらそう言った。

「おそらく『導師《グル》の石板』のシステムも同じだ。カリフォルニアのアラメダで「バベル」の術者を深雪《みゆき》が倒した際に、その身体《からだ》から抜け出して消えた情報体が「バベル」を使用可能にするデーモンだったに違いない」

達也《たつや》の言葉に、光宣《みのる》が「そう言えば……」と続ける。

「僕がサンフランシスコで見た、FAIR《フェア》のBS魔法師《メイジスト》の身体《からだ》から抜け出していった『使い魔』もシャンバラ文明のデーモンだったのでしょうか」

「もしかしたら『石板』のような魔導書《グリモワール》とは無関係に人間に取り憑《つ》く、はぐれのデーモンも少なくない数が漂っているのかもしれないな」

「そのようなデーモンに寄生された子供がBS魔法師《メイジスト》になってしまうのでしょうか……」

達也《たつや》の推測を聞いた深雪《みゆき》がブルッと身体《からだ》を震わせる。

「あの……」

水波《みなみ》が遠慮がちに発言を求めた。

「どうした」「どうしたの」

達也《たつや》と光宣《みのる》が同時に続きを促す。

「もしかして私たち、パ、パ、パラサイトも、先史魔法文明によって作られた存在なのでしょうか？」

「……分からないとしか言いようがないな」

達也《たつや》は水波《みなみ》が口にした可能性を否定しなかった。

「もしそうなら……いえ、何でもありません」

光宣《みのる》が何を言い掛けて止めたのか、達也《たつや》には推測できていた。

「とにかくこの杖《つえ》には、デーモンを呼び出して魔法師に寄生させる機能がある」

推測できていたからこそ、続きを訊《たず》ねず、訊《たず》ねさせず、話を本題に戻した。

――パラサイトの正体がシャンバラ文明のデーモンならば、パラサイトを人間に戻す『遺産』もあるかもしれない。しかしその可能性は、実際に可能だと判明しない限り話題にすべきではなかった。

「杖《つえ》は誰にでも、誰に対してでも使えるの？」

リーナは、達也《たつや》と光宣《みのる》の思惑に気付いているわけではない。彼女はただ魔法師《メイジスト》としての真面目な興味で達也《たつや》に訊《たず》ねた。

「例えば、インストールされる魔法師《メイジスト》の同意を得なくても？」

もしそれが可能なら、インストールする魔法の種類にもよるが、敵対的な魔法師《メイジスト》の能力を制限できることになる。

「相手の同意は必要だ。それにこの杖《つえ》は俺がオーナーに設定されているから、俺が認めない限り他の者には使えない」

「タツヤが認めればワタシにも使えるのね？」

「一時的に貸与する機能は備わっている」

「では達也《たつや》様が気にされているのは、誰に遺跡の魔法を修得させるべきかということですか？」

深雪《みゆき》が達也《たつや》に核心は何かと訊《たず》ねる。

「あの遺跡は言うならば、民間の研究者に向けた図書館だ。軍事利用につながる危険な魔法は保管されていなかった」

「理想郷と呼ばれるシャンバラの文明にも、軍事力はあったのですね？」

意外そうに問う深雪《みゆき》。

「何を敵と想定していたのかは分からないが、極めて強力な軍備が窺《うかが》われる記述があった」

達也《たつや》の答えは、楽園幻想を否定するものだった。

「だがあの図書館には、それが無かった。シャンバラが一つの国でなく複数存在する都市国家であるならば、遺された施設もあれ一つではないはずだ」

「つまり現代の軍事手段にも転用可能な、危険な魔法を保管した遺跡が他にあると？」

光宣《みのる》がシリアスな表情で問い掛ける。

「そうだ。その対策を話し合う為《ため》に、光宣《みのる》と水波《みなみ》には降りてきてもらった」

達也《たつや》の答えは、ただ質問を肯定するだけのものではなかった。

「危険な遺跡が何処《どこ》にあるのか、達也様《たつや》には分かっているのですか？」

自分の名前が出たからだろう。深雪《みゆき》やリーナに先んじて、水波《みなみ》がこの質問を口にした。

「該当する施設自体の場所は分からないが、何処《どこ》を調べれば良いのかはブハラの図書館で読み取った歴史書に記されていた」

「それは何処《どこ》ですか？」

今度は光宣《みのる》が達也《たつや》に訊《たず》ねる。

「チベットの首都ラサ。ポタラ宮の地下だ」

今度も達也《たつや》は、すぐに答えを返す。

「どの位の深さなのかは分からないが、そこに遺跡への『案内所』がある。機能が保たれている施設も壊れてしまった遺跡も、そこへ行けば分かるはずだ」

「僕が呼ばれた理由はそれですね？　ラサに潜入して、その案内所の遺跡で他の遺跡の場所を調べてくれれば良いんですか？」

光宣《みのる》は依頼内容が明言される前から前向きだった。彼は先月もラサに潜入している。その際は大亜連合《だいあれんごう》の戦闘魔法師『八仙《はっせん》』の二人を相手に逃げるだけで精一杯という苦戦を強いられた。おそらく光宣《みのる》は、その雪辱戦を兼ねるつもりでやる気になっているのだろう。

「私は光宣《みのる》さまに同行すれば良いのでしょうか」

「いや、違う」

水波《みなみ》の質問に対する達也《たつや》の答えは「否」だった。

「ポタラ宮の地下には俺が潜入する。光宣《みのる》にはその同行を頼みたい。そして水波《みなみ》は高千穂《たかちほ》から俺たちをサポートして欲しい」

「無茶です！」

慌てて深雪《みゆき》が達也《たつや》を止めた。

「そうよ、タツヤ。貴男《あなた》は有名人なのよ。たとえ能力的には問題なくても、潜入が露見したら徒事《ただごと》じゃ済まなくなる」

リーナも制止に加わる。

「無茶かもしれないが、必要なことだ。ラサの案内所に入るには、オーナー権限を持つ者がこの杖《つえ》を使わなければならない。図書館の情報が正しければ、貸与した権限では扉は開かない。そういう風にセキュリティが設定されている」

しかし二人とも、これまでの達也《たつや》の話を理解できていた。彼が懸念《けねん》するリスクを放置できないことも、理解できてしまっていた。

「僕は構いません。ポタラ宮の地下まで、お付き合いしますよ」

「私もサポート役を精一杯務めさせていただきます」

光宣《みのる》と水波《みなみ》が達也《たつや》の依頼を引き受ける。

深雪《みゆき》もリーナも、それに反対できなかった。

【4】 謀議

達也《たつや》たちがチベット潜入を相談していた頃。

入院中の遼介《りょうすけ》は病院のIT室でタッチスクリーンを操作していた。——ちなみにIT室の「IT」は「情報技術（Information Technology）」の略語ではなく「情報端末（Information Terminal）」の頭文字で、百年前なら「パソコン室」と呼ばれていた部屋だ。

彼がアクセスしているのはUSNA大使館のサイト。彼は入国ビザの詳しい手続きを調べているところだ。

今日の午前中、遼介《りょうすけ》の病室を真由美《まゆみ》がお見舞いに訪れた。

FLTのラボを襲った大亜連合《だいあれんごう》の魔法師に腹を刺されて明日で十日。内臓にまで達する重傷で、現代の医療技術を以《もっ》てしてもまだ退院の許可は下りない。とはいえ遼介《りょうすけ》本人の実感では、日常生活に支障がないところまで既に回復しているのだが。

ただ病院の姿勢は慎重で、今日になってようやく長時間の面会が許可された。真由美《まゆみ》がお見舞いに訪れたのは本日が最初ではなかったが、じっくり話をする機会が得られたのは入院以来初めてだった。

そこで真由美《まゆみ》から言いにくそうに「実は……」と持ち掛けられた件が、遼介《りょうすけ》を大いに動揺させた。彼女は遼介《りょうすけ》の家族に彼のことを伝えても良いかと訊《たず》ねたのだ。

遼介《りょうすけ》は五年前、交換留学生として渡米した。その後、FEHR《フェール》の活動にのめり込んで大学を中退しているので、この時点で本来ならば学生ビザは切れている。つまり強制送還の対象になる不法滞在者の状態だった。

ただ彼の留学の背景にはUSNAが公にしたくない軍事工作があった。USNA側も、学生ではない留学生を日本に大勢送り込んでいる。その為《ため》USNAの軍事関係者は、この時の交換留学がニュースになるリスクを少しでも避けたかった。

そこでUSNA当局は、退学した遼介《りょうすけ》の学籍を形式上大学に残すという措置を取った。その為《ため》の費用は当局が負担した。この措置は遼介《りょうすけ》だけでなく、その時の留学生全員に適用された。全員と言っても大学を辞めた日本人学生は十人に満たなかったが。こんな訳で遼介《りょうすけ》が正式に大学生でなくなったのは、帰国の為《ため》にUSNAの出国ゲートを通り抜けた瞬間だった。

大学に行かなくなってから帰国直前時点までの期間のUSNAにおける遼介《りょうすけ》の公的な立場は「登校せず落第を続けている大学生」という、大層不名誉なものだった。心情的に到底、親にも妹にも告げられるものではない。

もっとも、彼が家族に消息を伝えなかったのはその恥ずかしさの所為《せい》ではなかった。そもそも彼が自分の立場を知ったのは退学を届け出た後、しばらく経《た》ってからだ。不法滞在の可能性に気付いたFEHR《フェール》のシャーロット・ギャグノンが調査をして、彼は自分がどういう状態なのかようやく認識した。

その時点で彼はFEHR《フエール》の活動をずっと続けていく為《ため》、USNAに長期滞在して働くことができる立場を望んだ。その為《ため》には永住権か市民権が必要だ。だが彼には専門的な資格も特別な学位もなければ、永住権を獲得できるだけの資産も無い。FEHR《フエール》にも非熟練労働者の長期雇用を当局に認めさせるだけの、経営体としての実力が無い。

ギャグノンやFEHR《フエール》の他のメンバーとも相談して遼介《りょうすけ》が最終的に選んだ方法は、アメリカ人と契約結婚をして永住権を取得する方法だった。なお結婚相手はレナではなくFEHR《フエール》メンバーの、同性愛者の女性だ。遼介《りょうすけ》にとってレナは崇拝の対象であって、対等な夫婦になるなど畏れ多くて考えられない相手だった。

それは彼にとっては、日本を捨て家族を捨てる決断だった。そう堅く考える必要は無いと他人は言うかもしれない。だが遼介《りょうすけ》は自分を誤魔化せなかった。彼は間違いなく、そういうつもりで決意した。それを自覚していた。

だから彼にはもう、家族に合わせる顔は無かった。FEHR《フエール》を、レナを選んだことに後悔は無い。だがその為《ため》に選んだ手段は決して褒められたものではない。遼介《りょうすけ》の価値観では、人の道を外れている。

彼は全ての面において、古風な考え方を持っているわけではなかった。ただ家族に関する価値観は、確実に古い人間だった。少なくとも前世紀半ばまでの日本人の感覚を引き継いでいる。家族には誠実でなければならないと強く信じている。

　だから結婚という、家族になる為《ため》のイベントを単なる手段とすることに心の底では違和感を覚えていたし、父母や妹に対しては裏切りの罪悪感を懐《いだ》いていた。帰国しながら家族に連絡を取っていないのは、そういう理由からだった。

　そこへいきなり、妹に自分の居場所を教えても良いかと訊《たず》ねられたのだ。遼介《りょうすけ》が動揺しないはずはなかった。

　彼は今回の帰国を一時的なものと見做《みな》していた。レナに与えられた任務を果たしたらアメリカに帰るつもりだ。そして与えられたミッション「司波《しば》達也《たつや》がメイジアン・カンパニーで何をしようとしているのか」の調査は、レナ自身が達也《たつや》と友好関係を結んだ時点で必要性が低下したと遼介《りょうすけ》は考えている。

　彼自身も今や、達也《たつや》が魔法因子保有者《メイジアン》の人権の実質的な確保を目的としていることを疑っていない。

　メイジアンが道具であることを強制されない社会環境を作り上げる。

　メイジアン・カンパニーの活動は、この目的で一貫している。

　その為《ため》に、魔法因子を持たない多数派の人々に対しても軍事力以外の利益を提示し、企業や資産家と協力体制を築いている。理念ではなく利益で味方に付けている。これは遼介《りょうすけ》たちには――レナにもできなかったことだ。

　正直なところメイジアン・カンパニーの今後の活動にも興味はある。

だがレナの下で働くことに比べれば優先順位は低い。そろそろFEHR《フェール》に戻りたいと遼介《りょうすけ》は感じていたところだった。

そこへ今回の不意打ちだ。遼介《りょうすけ》は狼狽《ろうばい》の中で「アメリカに戻ろう」と決意した。

日本での仕事を一時的なものと考えていたから、遼介《りょうすけ》は訪日の前からアメリカに戻る準備をしていた。――FEHR《フェール》の仲間に丸投げする格好だったが。

実を言えば、婚姻による永住権獲得の前段階となる婚約者ビザの申請は何時《いつ》でもできるところまで準備を進めてあった。今はこれからの手続きを改めて確認しているところだ。

オンラインだけでは完結しないのだから、退院してから確認しても状況は余り変わらない。だが焦《あせ》りに捕らわれた遼介《りょうすけ》は「とにかくできることなら何でも」という精神状態だった。

その所為《せい》で余計なことをしていたのだが、それが彼を後押しすることになるなど、今の遼《りょう》介《すけ》には想像もできなかった。

◇◇◇

チベット潜入の為《ため》の話し合いはまだ続いていたが、達也《たつや》に緊急の通信が入ったことで中断された。そしてただのティータイムに移行した他の四人を残して、達也《たつや》は兵庫《ひょうご》を伴い通信室に移動していた。

『専務、お話し中のところ失礼しました』

四葉家《よつばけ》内部の場所で達也《たつや》を専務と呼ぶのは、今のところ藤林響子《ふじばやしきょうこ》だけだ。

「いえ、構いませんよ。緊急とのことですが、また襲撃事件でも起こりましたか？」

『そのような大事ではありませんが、至急ご判断を仰ぐべきと考えまして。遠上《とおかみ》さんが渡米を考えているようです』

「遠上《とおかみ》が？」

達也《たつや》と、横で聞いていた兵庫《ひょうご》が似たような、訝《いぶか》しげな表情を浮かべる。ただ、二人が怪訝《けげん》に感じた内容は異なっていた。達也《たつや》は「何が目的だ？」と考え、兵庫《ひょうご》は「それの何処《どこ》に問題が？」と思った。

『病院のIT室でUSNA大使館のフィアンセビザ取得手続きに関するページを閲覧していました。閲覧の動線から考えて、既に具体的な手続きに入ろうとしていると推測します』

「そうですか」

達也《たつや》と兵庫《ひょうご》が一瞬だけ呆《あき》れ顔《がお》になった。今度は二人とも考えていたことが同じだ。「ハッキングでよくそんなことまで分かるものだ」と思ったのだった。

『遠上《とおかみ》さんは現状でまだ、四葉家《よつばけ》の機密事項には触れてはいません。退職しても問題ないと思われますが、専務は如何《いかが》お考えでしょうか』

「そうですね……」

達也《たつや》が少し考え込む。彼は遼介《りようすけ》がどの程度戦力になるか、今後その戦力が必要になる場面が到来するかどうかについて素早く計算した。

「……手伝ってあげましょう」

達也《たつや》の回答は、相手の藤林《ふじばやし》にとっても横で聞いている兵庫《ひようご》にとっても予想外のものだった。

『手伝う……とは、遠上《とおかみ》さんの渡米を手伝うという意味ですか？』

「そうです。国内の戦力は彼がいなくても足りています。むしろアメリカでＦＡＩＲ《フェア》に対抗する戦力の方が心配です。民間犯罪組織が相手ではスターズも動けないでしょう」

『アメリカでＦＡＩＲ《フェア》が問題を起こすとお考えですか？』

「ＵＳＮＡは大亜連合《だいあれんごう》の工作を遮断できていないようですから」

民主国家において軍民分離は政治体制の基本だ。軍は基本的に、内政には関与しない。それを徹底しないと、軍は容易に敵対勢力の弾圧に使用され民衆の弾圧に発展してしまう。

だがそれは同時に、軍事的な侵攻でない外国の工作に軍の人的資源をフル活用できないという側面も持っている。民主国家が独裁国家に政治的、軍事的工作作戦でどうしても後れを取りがちなのは、この人的資源活用の自由度の違いが大きい。

ＵＳＮＡが大亜連合《だいあれんごう》工作員の侵入を許しているのは、連邦軍の魔法師部隊・スターズを投入できないのが響いていると達也《たつや》は見ていた。

「遠上《とおかみ》の能力は大規模な戦場には向いていませんが、凶悪犯罪レベルであれば頼りにできる戦闘力です。FEHR《フェール》に戻る気になっているのであればちょうど良い。面倒な『八仙《はっせん》』の相手を、アメリカで少し受け持ってもらいましょう」

『……分かりました。チケットを手配した方がよろしいですか？』

事務的な口調で藤林《ふじばやし》は応えたが、彼女の目は達也《たつや》の奸智に呆《あき》れていた。

「表立って手を貸すのは止めておきましょう。大門《ダイモン》に手伝うよう命じます」

『──かしこまりました』

藤林大門《ふじばやしひろと》は藤林響子《ふじばやしきょうこ》の叔父だ。しかし今は達也《たつや》の個人的な部下。彼の采配に自分が口出しすべきではないと、藤林響子《ふじばやしきょうこ》は弁《わきま》えていた。

◇　◇　◇

「待たせてすまない」

藤林《ふじばやし》との電話を終えて、達也《たつや》はチベット潜入に関する打合せに戻った。

「先程も言ったとおり、今回の潜入に高千穂《たかちほ》を使うつもりは無い。高千穂《たかちほ》はあくまでも非常事態の切り札とする」

「やはり、高千穂《たかちほ》を探知されるリスクは心配されなくても良いと思いますが」

達也《たつや》の方針に、光宣《みのる》が控えめな反論を行う。離席前の議論はここで中断していた。

「高千穂《たかちほ》は追加で譲っていただいたマジストアで、常時［鬼門遁甲《きもんとんこう》］が掛かった状態です。あらかじめ高千穂《たかちほ》の詳細な情報を知らない相手には、決して探知されない自信があります」

高千穂《たかちほ》には元々、電磁波吸収魔法を保存した人造レリック・マジストアがセットされていた。可視光だけでなく赤外線から紫外線、超短波より波長が短い電波を一切反射しない。

全長約百八十メートルの高千穂《たかちほ》に移り住んだ後、光宣《みのる》は偶然探知されて生活を脅《おびや》かされるリスクへの対策をさらに強化する為《ため》、［鬼門遁甲《きもんとんこう》］の魔法式を保存したマジストアをこの大型宇宙用居住施設に設置した。偶然高千穂《たかちほ》を見付けられても、発見者は［鬼門遁甲《きもんとんこう》］の効果ですぐに見失ってしまうはずだ。

能動的な探知を電磁波吸収魔法で防止し、受動的な探知を［鬼門遁甲《きもんとんこう》］で防いでいる高千穂《たかちほ》が発見される可能性は、確かに極めて低いと言える。

「いや、やはり止めておこう。光宣《みのる》の技術を疑うわけではないが、今回は高千穂《たかちほ》が絶対に必要というわけではないからな」

しかしそれは、絶対に見付からないという意味ではない。今回のようにリスクが高い作戦に使うべきではないというのが達也《たつや》の本音だった。高千穂《たかちほ》はあくまでも光宣《みのる》と水波《みなみ》が暮らす「家」であって作戦拠点ではないのだから。

「じゃあ、どうやって潜入するの？」

リーナの質問は、単に会話の流れに乗ったものだった。

「カノープス大佐の力を借りたいと考えている」

「ベンに協力を頼むの⁉」

かつての仲間の名前がここで達也《たつや》の口から出てくるなんて、リーナは予想していなかった。

「カノープス大佐にはミッドウェーの貸しがある。それを返してもらうことにしよう」

三年前、スターズがパラサイトに事実上乗っ取られる事件があった。その際、ミッドウェー監獄で囚人となっていたカノープスと彼の部下は、達也《たつや》によって囚《とら》われの身から解放された。

あの件は達也《たつや》にとって、取引の対価だった。カノープスたちを救出する代わりに、達也《たつや》は北西ハワイ諸島方面で米軍相手に行ったゲリラ行為をもみ消してもらっている。だから達也《たつや》自身の帳簿上に貸し借りは無いのだが、その際の取引相手はカノープスの大叔父に当たるワイアット・カーティス上院議員であってカノープス自身に対する貸しは清算されていないというのが達也《たつや》の言い分だった。

「彼には顧傑《グ・ジー》の一件でも、返してもらわなければならない貸しがあるからな」

これも三年前のことだが、四葉家を標的としたテロ事件の犯人である顧傑《グ・ジー》の捕縛を、カノープスによって散々邪魔された挙げ句に目の前で抹殺されてしまうという、達也《たつや》にとって苦い記憶となる事件があった。これは一般的な表現では「返さなければならない借り」になるはずなのだが、こちらも「貸し」として達也《たつや》はカノープスに請求するつもりのようだ。

「……具体的に、何をさせるつもりなの？」

詰問調《きつもん》で問うリーナ。ただその咎《とが》める口調の中には「タツヤは止められない」という諦めのニュアンスもあった。

「嘉手納《かでな》基地に今、スプライトが来ているだろう？」

USNA空軍の最新鋭極超音速・高高度戦略偵察機、SR92『スプライト』。純粋に工学的な航空技術だけで音速の十倍を上回るスピードを叩《たた》き出《だ》し、成層圏を越えて中間圏、宇宙との境界であるカーマン・ラインまで上昇する性能を持つ、限りなく航宙機に近い航空機だ。

さらに特筆すべきは、スプライトが戦略爆撃機としての機能も有しているという点だろう。デフォルトでウェポンベイに格納している無人偵察機は、容易に爆弾やミサイルに置換できる。前世紀に比べれば戦略爆撃機の重要度は低下しているが、それでもUSNA軍にとって虎の子とも言える機体だ。

「来てるけど……スプライトで着陸なんて無理よ？」

リーナは「スプライトには乗せられない」とは言わなかった。現在のカノープスには、その政治家の血筋を別にしてもそれだけの影響力がある。顧傑《グ・ジー》の件はともかく、ミッドウェー監獄の件を持ち出せばカノープスが断るとは思われなかった。

「スプライトでチベットに着陸などという、無茶を通り越して馬鹿な真似《まね》はしない。当然だろう。そんなことは考えもしなかった」

達也《たつや》が「良くそんなことを思い付いたな？」という目をリーナに向けた。機密保持という点からも、必要な滑走路と設備という点からも、この最新鋭の戦略偵察機が離着陸できる飛行場は限られている。チベットに着陸するのは政治面、軍事面以前に、技術面で不可能だ。

「念《ねん》の為《ため》よ」

やや向きになった口調でリーナが反論したのも、それが分かっているからだろう。

「それじゃまさか、スプライトから飛び降りるとか？」

「そのつもりだが」

「ええっ⁉」

冗談のつもりの質問に真顔で頷《うなず》かれてリーナは素っ頓狂な声を上げた。

「何処《どこ》から飛び降りるのよ。超音速でハッチは開けられないわよ」

スプライトにはチベット上空どころか大亜《だいあ》連合《れんごう》の主要都市上空を飛行する能力がある。しかしそれは、飛行性能を十分に発揮した場合の話だ。

この偵察機はステルス性能よりも速度と上昇能力に重点が置かれている。対レーダーは一応考慮されているが、敵国上空をハッチ開放が可能な低速で飛べば探知されてしまうに違いない。

「ハッチは使わない。ウェポンベイから飛び降りる」

「空気抵抗はどうするの⁉　重力は飛行魔法で何とかなるでしょうけど、超音速の空気抵抗を無害化する強度の障壁魔法を使うと、幾らタツヤとミノルでも勘付かれちゃうんじゃない？」

「グライダーボードを使う」

グライダーボードはボディボードのスカイダイビング版だ。形は人間一人分サイズの鋭角二等辺三角形の板で、断面は平らに近い鈍角二等辺三角形になっている。

傾斜がついていない真っ平らな面に付いているハンドルを掴《つか》んで腹這《はらば》いになり、空気抵抗に乗って空中を滑っていく。無論スポーツで使用するボードには、超音速に耐える強度は無い。だがボードの強度上昇程度の魔法なら、障壁魔法に比べて地上から探知されるリスクは遥《はる》かに小さいはずだった。

「……達也《たつや》様、お帰りはどうされるのですか？」

面白く無さそうな顔で黙り込んだリーナと交代する形で、今度は深雪《みゆき》が達也《たつや》に質問した。

達也《たつや》が出した案には脱出の手段が含まれていない。

「取《と》り敢《あ》えず軍用機を乗っ取って東南アジア同盟諸国の何処《どこ》かに脱出するつもりだ。その後は普通に帰国する」

「取《と》り敢《あ》えず……とは？」

軍用機を乗っ取る計画については、深雪《みゆき》は驚きもしなければ止めようともしなかった。達也《たつや》ならば難しくないと、盲目的に信じているのだ。それより彼女は「取《と》り敢《あ》えず」の背後でなにを考えているのかが気になったようだ。

「ポタラ宮の地下には秘密の通路があるという伝説がある。今のところ単なる伝説だと考えているが、もし実在したならそれを使って脱出するかもしれない」

「伝説の、秘密の通路ですか？」

深雪《みゆき》もさすがに胡散臭《うさんくさ》そうな表情を浮かべている。

「本気で信じているわけじゃない。あくまでも『もしも』の話だ。それに別の可能性もある」

「どのような可能性でしょうか」

「チベットに潜入しているIPUの工作活動が、既に活発化しているかもしれない。彼らを利用して脱出する方が容易であればそうしよう」

「……その方が好ましいように思われます」

「本当に脱出が難しければ、その時は最後の手段として高千穂《たかちほ》を使わせてもらう」

最終的に、幸運を当てにした計画ではないと達也《たつや》が強調したことで、深雪《みゆき》を始めとする一同は納得した。

◇◇◇

カリフォルニア州警察に指名手配されているFAIR《フェア》の首領ロッキー・ディーンは、海を挟んでサンフランシスコ市の北東に位置するリッチモンド市の隠れ家に潜んでいる。現在彼は、隠れ家に一人きりだ。サンフランシスコの拠点から一緒に逃れてきた腹心兼愛人のローラ・シモンは人造レリックを奪い取る為《ため》に日本へ行って、まだ戻っていなかった。

ディーンは隠れ家に潜んでから、一歩も外に出ていない。食料品他、生活に必要な様々な物資は逃亡を支援した組織の人間が届けてくれる。彼が顔を合わせる他人は、今やその配達員だけになっていた。

しかしこの日彼を訪ねてきたのは支援組織の、配達を行う下級構成員だけではなかった。組織の幹部が隠れ家にやって来た。

アメリカ洪門《ホンメン》の幹部、朱元允《ジュユエンユン》。

洪門《ホンメン》は十七世紀前半に結成されたと伝えられる、漢民族の秘密結社だ。いや、前世紀末からその存在はオープンになっているから「秘密結社」と呼ぶのは不適切かもしれない。ただ歴史的な分派であるチャイニーズマフィアとの関係を始めとする黒い噂《うわさ》が常に付《つ》き纏《まと》い、また国家を凌駕《りょうが》すると言われるその勢力の実態が外部からは不明瞭な為《ため》、「秘密結社」の印象が今も消えないのだ。

実はディーンも、洪門《ホンメン》のメンバーだ。彼の外見は南ヨーロッパ系《けい》の白人だが、実は華僑《かきょう》の血を多く受け継いでいる。

ディーンは元々FAIR《フェア》の雇われ首領に過ぎず、真の支配者は顧傑《グ・ジー》だった。ディーンが実権を奪い取りFAIR《フェア》が顧傑《グ・ジー》から独立した組織になれたのも、西海岸の華僑《かきょう》と洪門《ホンメン》の支援の御蔭《おかげ》だった。

ディーンと朱元允《ジュユエンユン》は、その頃からの古い付き合いだ。洪門《ホンメン》から見れば弱小ローカル組織に過ぎないFAIR《フェア》のリーダーの様子を朱元允《ジュユエンユン》のような高位の幹部が態々《わざわざ》見に来るのは、この縁があるからこそだった。

「不自由はありませんか？　困ったことがあれば何でも言ってください」

一通り挨拶と前置きを交換した後、朱元允《ジュユエンユン》が気さくな口調でディーンに訊《たず》ねた。

「不自由ではありますが、朱大人《ジュダーレン》の御蔭《おかげ》で不足はございません」

対するディーンは、普段の言動からは想像し難《がた》い丁寧な物言いをしている。朱元允《ジュユエンユン》と向かい合うディーンは新興犯罪組織の首領ではなく、伝統ある秘密結社の一員だった。

「今のところはまだ、外出は控えた方が良いでしょうね。ですが本当に不足を感じていませんか？　一人きりだと色々物足りないでしょう」

朱元允《ジュユエンユン》は露骨な表現を使わなかったが、彼が「男の性《さが》」について言っているのは容易に読み取れることだった。

「そう言えば、ミズ・シモンはまだ戻ってこないのですか？」

「朱大人《ジュダーレン》。その件で私は大亜連合《だいあれんごう》の誠意に疑念を懐《いだ》いております。思いどおりに成果が得られなかっただけならばともかく、預けた部下と連絡も取れないとはどういうことでしょう。八仙《はっせん》とやらは大亜連合軍《だいあれんごう》でも腕利《うでき》きの連中だという触れ込みだったはずですが」

「ロッキー」

朱元允《ジュユエンユン》はシンパシーを込めて、親しげにディーンのファーストネームを呼んだ。

「君の不満はもっともです。ミズ・シモンの消息について納得が行く回答が得られるように、私の方から大亜《だいあ》連合《れんごう》に問い合わせてみましょう」

「お手数をお掛けいたします、朱大人《ジュダーレン》」

にこやかに請け合う朱元允《ジュユエンユン》に、ディーンは深々と頭を下げた。

◇◇◇

チベット潜入のプランを話し合った翌日の朝。

達也《たつや》はリーナと巳焼島《みやきしま》の通信室に来ていた。通常の電話ではなく、高強度の暗号通信が可能な機器が揃《そろ》っている部屋、と言うより施設だ。

通信者用の席《オペレーターシート》を前にして、リーナが「やらなきゃダメ？」という顔で達也《たつや》を見上げる。

達也《たつや》は少し口角を上げただけで何も言わず、リーナを見返した。

その笑みに込められた威圧にリーナは怯《ひる》む。彼女は達也《たつや》から目を背けてシートに座った。カメラとマイクに向かい、慣れた手付きでコンソールを操作する。

呼び出しから数十秒が経過して、モニターに相手の顔が映った。時間的に見て発信者がリーナであることを通知する複雑な電子署名が復号《デコード》できて、すぐに応答したのだと思われる。

「ハロー、ベン。忙しいところごめんなさい。今、少し良いかしら」

『ええ、大丈夫ですよ。もう宿舎に戻るところでしたから』

通信の相手は現在のスターズ総司令官、ベンジャミン・カノープス大佐。

『何か我々の力が必要になる案件ですか？』

「ええっと、そうなんだけど……依頼者本人に代わるわね」

『依頼者？』

訝《いぶか》しげなカノープスの声には応えず、リーナは達也《たつや》と席を交代した。

「お久し振りですね、大佐」

『ミスター司波《しば》……』

カノープスが驚きを隠せぬ声を漏らした。これまで何度か、カノープスは達也《たつや》の為《ため》に便宜を図っているが、それらは全てリーナを通じたものだった。内容もあくまで「リーナに助力」という体裁を取っていた。達也《たつや》が直接カノープスに頼み事をするのは、これが初めてかもしれなかった。

「早速ですが、ラサに侵入する用事ができまして」

『……チベットのラサですか？』

「そうです」

カノープスの脳裏に、つい先日イヴリン・テイラーが派遣中だったインドのハイダラーバードから寄越してきた通信の記憶が蘇《よみがえ》る。あの時イヴリンは、ラサに大量のレリックが埋もれて

いると達也《たつや》から聞いた、と言っていた。

『ご用事の内容は訊《き》いても教えていただけないのでしょうね』

「そうですね。お気遣いいただき恐縮です」

達也《たつや》はいけしゃあしゃあと回答を拒否した。

カノープスは達也《たつや》の厚かましいほど平然とした態度に動じなかった。

『それでミスター司波《しば》は我々に何をお望みですか？』

「気付かれずに侵入したいのです。現在、嘉手納《かでな》基地にスプライトが駐まっていますよね？」

『密入国にスプライトを使いたいと仰《おつしや》る？』

「そうです」

達也《たつや》が遠慮の欠片《かけら》も無くカノープスに求めたのは、昨日の話し合いで決めたチベット密入国の手助けだ。半日の時間差は躊躇《ちゆうちよ》によるものではなく、時差を考慮しただけに過ぎなかった。

『……具体的にスプライトをどう使いたいとお考えですか？』

「偵察ドローンを投下する要領でウェポンベイから落としてもらうだけで結構ですよ」

『減速も降下も必要無いと？』

「貴国の最新鋭機を危険に曝《さら》すつもりはありません。予定されている偵察のついでに私ともう一人、乗せてもらいたいだけです」

『チベットが今回の偵察コースに入っていることをご存じでしたか』

「知っていたわけではありません。単なる予測です。大亜連合《だいあれんごう》とIPUの間で緊張が高まっている状況を貴国が座視するはずはありませんから」

『そうですね……』

モニターの中でカノープスが考え込む。達也《たつや》は答えを急《せ》かさなかった。即断できる話でないのは達也《たつや》も最初から分かっている。彼は応諾が得られることを疑ってはいなかったが、同時にこの場で答えが得られるとは考えていなかった。少なくともUSNA連邦軍参謀本部に相談してから回答すると予想していた。

『……条件があります』

しかし、達也《たつや》の予想は外れた。

『スプライトからの降下にはステルスダイバーを使ってもらえませんか』

カノープスはスプライトによるチベット密入国を、誰にも相談せず条件付きで認めた。

「ステルスダイバー、とは？」

ただ条件として出された『ステルスダイバー』という名称は、達也《たつや》も知らないものだった。

『ステルスダイバーは貴男《あなた》が開発した飛行魔法で限定的な航空能力を持たせた、降下潜入作戦用の機体です。一人乗りの紡錘形《ぼうすいけい》カプセルで、脱出用の高加速離陸機能も備わっています。ただ空中での機動性はおまけ程度しかありませんが。今からデータを送りますので、御確認いただけますか』

モニターの中のカノープスはそう言って、コンソールを操作するような動きを見せる。

ほぼ同時に、達也《たつや》の許《もと》に暗号化されたデータファイルが届いた。彼はすぐにそのデータを復号機《デコーダー》に掛けて、冒頭に機密と表示されているファイルに目を通した。

そこには『ステルスダイバー』の概要が記されていた。

「……ロケット機のような性能ですね」

『そうですね。挙動は人間魚雷ならぬ個人用ロケットに似ています』

「その新兵器を私たちに使わせていただけると？」

カノープスの話から判断して『ステルスダイバー』という機体は敵地潜入ミッション用の秘密兵器だ。最新鋭偵察機を利用させるだけでなく、まだ秘匿されている段階の潜入手段まで貸与するというのは、余りにも友好的すぎると達也《たつや》は感じた。

『開発部署から実戦データを求められているのですが、態々《わざわざ》高空から敵地に降下するようなリスクをスターズが冒さなければならないミッションは、今のところ予定されていないのですよ』

つまり実験台を探していた、ということのようだ。それならば理解できる。――達也《たつや》はそう思った。

「お引き受けする前に、そのステルスダイバーの実物を見せていただいても良いですか？」

『当然ですね。嘉手納《かでな》基地へ来ていただければお見せできますよ。無論、その上で潜入を中止されても構いません』

「では……三日後、来週の火曜日午後で如何《いかが》でしょうか」

『三日後の午後ですね。分かりました。そのように手配しておきます。それから言うまでもないとは思いますが、先程のデータは破棄していただけますか』

正《まさ》しく言うまでもない念押しに達也《たつや》が「分かりました」と頷《うなず》くのを聞いて、カノープスは通信を切った。

こうして予定どおり、ラサ潜入に米軍の機体を使えることになったが、交渉に勝ったという実感は達也《たつや》には無かった。

【5】逃亡

日本と大亜連合《だいあれんごう》の間には現在、正常な国交が結ばれている。水面下では緊張状態が続いているが、表向きには経済交流も人の往来も平和裏に行われていた。

だからこの日、東京湾海上国際空港に降り立った一人の漢人女性に、通常の敵性外国人に対する警戒以上の注意を払う者はいなかった。

◇◇◇

USNAカリフォルニア州リッチモンド市にある、ロッキー・ディーンが潜んでいる隠れ家に東亜系アメリカ人の訪客《ほうかく》があった。

「……恐縮です。朱大人《ジュダーレン》は早速抗議してくださったのですね」

「はい。八仙《はっせん》のリーダー、ミスター・キャオが対応を約束されたとご主人様は仰《おっしゃ》いました」

ディーンの許《もと》を訪れたのは、朱元允《ジュユエンユン》の使用人だった。何時《いつ》も生活物資を届けてくれる男性とは違う、三十歳前後の女性だ。一見地味な顔立ちで印象に残らない外見だが、良く見れば中々の美女。顔立ち以上に、オーバーサイズの服に隠された身体《からだ》が肉感的だ。朱元允《ジュユエンユン》がどういう意図でこの女性を使者に選んだのか、聞くまでもない。

だが今はこの女性に込められた意図よりメッセージの内容を掘り下げるのが先だった。

「もしご存じで、お差し支え無ければどのようなお約束をいただいたのか教えていただけませんか」

「喜んで。それから私《わたくし》に丁寧な態度はご不要ですわ、ディーン様」

女はディーンに向かって艶然《えんぜん》と微笑《ほほえ》んだ。彼女が主人の朱元允《ジュユエンユン》に、ディーンの不足を埋めるよう命じられてきたのは、この媚態《びたい》からも明白だ。

正直に言えば、ディーンの食指は動いていた。だが彼は、優先順位を見失わなかった。

「承知した。それで？」

「はい。大亜《だいあ》連合《れんごう》は八仙《はっせん》の一人、何仙姑《ヒーシャングー》の日本派遣を決めました。予定どおりならば、ちょうど東京に到着している頃です」

「その者がローラを連れ戻してくれるのか？」

「ミスター・キャオは、それを約束しました」

「そうか」

ディーンは女の——大亜《だいあ》連合《れんごう》の「約束」を百パーセント信じたわけではなかった。ただ今の彼には他に手立てが無いというだけだ。ディーンにできるのは、当てにならない約束が果たされるのを待つことだけだった。

「もう少し、ゆっくり話を聞きたい。構わないな？」

「はい、お望みのままに」

ディーンは女を立ち上がらせると、彼女の腰を抱いて寝室へ向かった。

◇　◇　◇

日本の魔法師社会をリードする十師族《じゅっしぞく》は全ての家が現代魔法師だ。十師族《じゅっしぞく》を選び選ばれる二十八家も、古式魔法の因子を持つ家はあっても古式魔法師の家系は含まれていない。

だが十師族《じゅっしぞく》に次ぐ勢力である百家《ひやっけ》の中には結構な割合で古式魔法師がいる。それもある意味当然で、百家《ひやっけ》は二十一世紀に体系化された魔法に適性があって新しく魔法師になった家系より、現代では「魔法」で一纏《ひとまと》めにされている特殊技能を隠れて受け継いできた家系の方が多い。

そういう代々力を受け継いできた家系の方が新しく力を得た家系より、高く安定的な能力を親族間で共有している明確な傾向があるのだ。今は現代魔法を使っていても元々は古式魔法師の家系だったというケースを含めれば、百家《ひやっけ》の八割以上が古式魔法師の血統になる。

そうした百家《ひやっけ》の中で最強の一角と謳《うた》われているのが首都圏北部に居を構える十六夜家《いざよいけ》だ。特に古式魔法を看板に掲げる百家《ひやっけ》の間では「十六夜家《いざよいけ》こそが百家《ひやっけ》最強」「十六夜家《いざよいけ》の実力は十師族《じゅっしぞく》に匹敵する」と言われている。

その十六夜家《いざよいけ》の当主には弟がいる。力だけなら当主である兄より上、と噂《うわさ》される弟の名前は十六夜調《いざよいしらべ》。彼は兄が住む十六夜《いざよい》本家とは別に自分の屋敷《やしき》を構えていた。

そしてその屋敷《やしき》には現在、ＦＡＩＲ《フェア》のサブリーダー、ローラ・シモンが囚《とら》われている。

「――お客人は何をしていましたか？」

ローラに昼食を運んだ家政婦を呼び止めた調《しらべ》は、彼女がどんな風に過ごしていたのかを訊《たず》ねた。

「シモン様はご用意したカードで占いをされていたご様子です」

「占いですか……」

家政婦の答えに、調《しらべ》は軽く眉を顰《ひそ》める。

「カードは当家で渡した物ですね？」

「はい、間違いございません」

「そうですか……ご苦労様。もう良いですよ」

お辞儀する女中の隣を調《しらべ》は思案顔のまま通り過ぎる。途中、ローラを監禁している部屋の扉の前で調《しらべ》は足を止めた。

ローラに渡したカードは市販のタロットだ。魔法的な力が宿っていないことを調《しらべ》が直々に確かめた。幾ら凄腕《すごうで》の魔女でも媒体があんな玩具《おもちゃ》では、ろくな呪法は使えないはずだ……。

扉の前で、調《しらべ》は改めてそう考えた。

彼は結局部屋の中には入らずに、その場を立ち去った。

◇　◇　◇

「仮初めの絆《きずな》、助力、苦境からの脱出、ですか……。微妙ですね」

占いを終えてローラがため息を吐く。家政婦が運んできた食事はまだ手つかずだ。今更薬物を警戒しているわけではないが、占いの途中だったので放置していた。

十六夜調《いざよいしらべ》は勘違いしていた。いや、ローラのことを甘く見ていた。彼女にとってカードに魔力が宿っているかどうかは問題ではない。シンボルとして概《おおむ》ね正しければ、占術の媒体として十分役に立つ。

その点、日本のメーカーの拘《こだわ》りが込められたカードは、市販の物であっても驚くほど完成度が高かった。渡されたカードを見て、ローラは罠《わな》を疑った程だ。彼女がカードを入念に調べたのは言うまでもなかった。

不意にローラの身体《からだ》がビクッと震える。気怠《けだる》げだった姿勢が、棒を飲んだように背筋が伸びる。彼女の顔から表情が抜け落ちた。

幻視《ヴィジョン》が訪れたのだ。魔女の幻視《ヴィジョン》は能動的に見るものではなく受動的に見せられるもの。魔女にとって占いの道具は幻視《ヴィジョン》を得やすくする為《ため》のものにすぎない。

決められた手順を踏んだからといって、毎回幻視《ヴィジョン》を得られるわけではない。同時に、道具の善《よ》し悪《あ》しは幻視《ヴィジョン》の決定的な要因でもなかった。そこが十六夜調《いざよいしらべ》の思い違いを導いたのかもしれない。

決められた手順を踏めば、術者の技量に応じて定まった精度の卦《け》が得られる。調《しらべ》が慣れ親しんでいる占術はそういうものだ。市販の遊び道具ではまともな卦《け》は出ない。魔女の占いも基本原理は同じだと、調《しらべ》は無意識に考えてしまっているのだった。

このケースにおける、結果は全く違う。市販のタロットカードを踏み台にして、ローラは幻視《ヴィジョン》の中に潜り込んでいた。

「八仙《はっせん》の女……顔は覚えた」

幻視《ヴィジョン》から現実に戻ってきたローラは、ぽつりとそう呟《つぶや》いた。

◇◇◇

火曜日の午後。達也《たつや》は自家用ジェットで那覇《なは》空港に降り立った。

空港のロビーを歩く彼には、たくさんの監視が張り付いている。公安、陸軍情報部、外国の課報員《ちょうほう》。達也《たつや》が自家用機を飛ばすという情報だけで、これだけ多くの人員が動いていた。

達也《たつや》は自分が監視されていることに気付いている。いつものことだ。監視している側も、それほど熱心に隠れてはいない。特に国内勢はその傾向が強い。彼らの監視は、牽制《けんせい》の意味合いが強かった。

ただ何時《いつ》ものことだからといって延々と見世物に甘んじる義理は、達也《たつや》には無い。今日のロビーは比較的空《す》いていた。人混みに隠れて後ろ姿が見えなくなるということは、まず起こりえない状況だ。

――にも拘《かか》わらず、達也《たつや》を監視している者たちは国内勢力も外国勢力も皆、ロビーの中で彼の姿を見失った。

「対象を見失った。そちらはどうだ」

「こちらはまだ対象を視認していない。本当にこちらへ向かっていたのか」

達也《たつや》を監視していた情報部員が小声で通信を交わしている。公安部員や外国の課報員《ちょうほう》の間でも似たような会話が繰り広げられていた。

彼らの声には共通して、諦念が滲《にじ》んでいる。これは今日に限ったことではなかった。むしろ何時《いつ》ものことだった。目を離していないはずなのに、何時《いつ》の間《ま》にか認識できなくなっている。最新の対人認識ＡＩを搭載した追跡装置を使っても同じだった。人も機械も、達也《たつや》の影を捉えられなくなる。

「当代随一の忍者の弟子。伊達《だて》ではないか……」

「我々も忍術を習ってみるか？」

そんな冗談とも本気ともつかないセリフが遣《や》り取《と》りされるのも恒例行事だった。


あっさり監視の目を振り切った達也《たつや》は、連れの青年と共にロボットタクシーに乗り込んでいた。［エレメンタル・サイト］とスパイ機器スキャナーを併用してタクシーに盗聴・盗撮アイテムが仕込まれていないことを確認した上で、達也《たつや》は目的地を嘉手納町《かでなちょう》のレストランに設定した。


走り出したタクシーの中で、達也《たつや》が連れの青年に話し掛ける。

「光宣《みのる》が一緒だと監視を振り切るのが楽だな」

地味な印象の青年は、［仮装行列《パレード》］で変装した光宣《みのる》だった。例によって顔だけでなく身長、体格も変えているので、変装と言うより変身と言うべきかも知れない。

「達也《たつや》さんだけでも大して変わらなかったと思いますが。僕の［鬼門遁甲《きもんとんこう》］はほとんど仕事をしていませんでしたよ」

光宣《みのる》（が変身した青年）は苦笑気味に笑いながら達也《たつや》の言葉に応えた。彼には、謙遜したつもりは無い。［鬼門遁甲《きもんとんこう》］が余り役に立たなかったというのは光宣《みのる》の実感だった。

【鬼門遁甲《きもんとんこう》】は向けられた視線を媒体にして作用する魔法だ。視認する意識作用に干渉して、その認識を狂わせる。強く注視している者程、この魔法には深く掛かる。

だが達也《たつや》は自分の気配を空気に同化してしまうことで自分を認識させなくする忍術の技量を高めていた。疎外され存在感を失って無視されることを「空気と化している」と表現するが、この「空気と化す」状態を能動的に引き起こす忍術を達也《たつや》は使いこなすに至っていた。

認識阻害魔法【アイドネウス】は視認されても正体を認識されない魔法だが、達也《たつや》が八雲《やくも》から盗んだこの忍術は、風景の一部と化して視認しようという気を起こさせない。

視線を媒体にする【鬼門遁甲《きもんとんこう》】は、意識して視線を向けられなければ作用しない。達也《たつや》の忍術が作用している限り【鬼門遁甲《きもんとんこう》】は出番が無い。

「最初に【鬼門遁甲《きもんとんこう》】で切っ掛けを作ってくれたから、何時《いつ》もより簡単に意識から消えることができた。光宣《みのる》の【鬼門遁甲《きもんとんこう》】は、しっかりと仕事をしてくれた」

「でしたら良いんですけど」

大真面目な達也《たつや》の応えに、光宣《みのる》の笑みから「苦笑気味」の「気味」が取れた。

嘉手納町《かでなちょう》のレストランには、カノープスと打ち合わせたとおり迎えの米軍士官が待っていた。

「お久し振りです、ミスター司波《しば》」

その女性士官に、達也《たつや》は見覚えがあった。

「シルヴィア・マーキュリー准尉、でよろしかったでしょうか」

「現在は少尉を拝命しています。三年前の一件ではお世話になりました。改めて御礼申し上げます」

迎えの軍人はスターズ惑星級隊員、シルヴィア・マーキュリー少尉だった。彼女は三年前、工作任務で日本に侵入して仲間と共に捕らえられ、房総半島南端の収容所に囚《とら》われていたところを達也《たつや》に救い出されたことがある。

「どういたしまして。あの件は利害の一致によるものですのでどうかお気になさらず」

収容されていた米軍工作員を解放したのは、四葉家《よつばけ》とスターズの間で取引が成立した結果だ。また当時の達也《たつや》は国防軍の一部と敵対関係にあり、解放は彼自身の利害にも適《かな》っていた。

「本日はよろしくお願いします」

「かしこまりました。お連れの方はそちらの……」

シルヴィアが光宣《みのる》に目を向ける。

「よろしくお願いします、少尉。桜島光《おうじまひかる》と申します」

光宣《みのる》がパスポートにも使用している偽名で自己紹介をした。水波《みなみ》を誘拐した際に北西ハワイ諸島の基地に密航した一件で、米軍の間に光宣《みのる》の顔は知られている。何よりあの人間離れした美貌だ。シルヴィアも光宣《みのる》の顔はしっかり記憶していた。

だが目の前の地味な青年がその九島光宣《くどうみのる》だとは、彼女は全く気付いていなかった。

シルヴィアが運転する自走車で、達也《たつや》と光宣《みのる》は全く咎《とが》められることなく嘉手納《かでな》基地に入った。

基地はあくまでも日本の物だが、同時にここは日米共同基地だ。

日米同盟で定められた、同盟国が自国の基地と同様に利用できる基地。これは形式上一方的なものではなく、USNA国内にも日本軍が使用できる共同基地が設定されている。

共同基地の性質上、米軍の士官は事実上フリーパスだ。外交官特権のようなものと考えれば良いだろうか。歩哨《ほしょう》はシルヴィアのIDカードをチェックしただけで、達也《たつや》と光宣《みのる》の素性を訊《たず》ねもしなかった。二人が座っている後席ウインドウのスモークガラスを下げるように求めることすらしなかった。

そして二人は今、『ステルスダイバー』の実物を前にしていた。

「データどおりとはいえ、意外にコンパクトですね……」

「潜入用の機体だからな。小型化は理に適《かな》っている」

光宣《みのる》が漏らした言葉に達也《たつや》が返した応えは、案内役の耳を気にして述べたお世辞ではない。

彼の正直な感想だった。

ステルスダイバーは全長約四・五メートル、最大幅および高さが約一・八メートルの、前後が窄《すぼ》んでいる紡錘形《ぼうすいけい》。主翼も尾翼も吸気口も排気ノズルも無い。表面は滑らかな曲面で、全く艶が無い漆黒。ステルス性は機体形状よりも素材に依存しているようだ。とはいえ自発的に熱を排出しない——流体摩擦によって圧縮された空気の発熱は生じる——ので、探知されても隕《いん》石《せき》や噴石と誤認される可能性が高いだろう。

「中は意外に広いんですね」

中をのぞいた光宣《みのる》が少しホッとしたような声を漏らす。

「人間魚雷にたとえるのは適当ではないな。初期の有人ロケットの、再突入カプセルの個人用バージョンといったところか」

降下要員は腹這《はらば》いに乗り込むのではなくリクライニングの角度が大きなシートに、半ば仰向けに寝るような体勢で座る仕様だ。窓があれば不安になるに違いない搭乗スタイルだが、幸いと言うべきか、この機体は完全に密閉されている。光学カメラすら無く、外部の観測はレーダーと磁気センサーで全て賄う徹底ぶりだった。

「……操縦系はシンプルですね」

シートに座ってレクチャーを受けた光宣《みのる》が、横からのぞき込んでいる達也《たつや》を見上げて感想を伝える。

「飛行魔法システムの感触はどうだ？」

「反応は悪くなさそうですが、この機体を振り回すには心許《こころもと》ないですね。あくまでも短時間の運用を想定しておく方が良さそうです」

「そこもカタログどおりか。だが我々の目的にはそれで十分だ」

「僕もそう思います」

達也《たつや》も光宣《みのる》も、このように実見の上でステルスダイバーに合格点を出した。

◇　◇　◇

達也《たつや》たちが嘉手納《かでな》基地を訪れていた頃。

旧埼玉県にある十六夜《いざよい》調《しらべ》の屋敷《やしき》では一騒動が持ち上がっていた。

ローラが部屋の封印を破って屋敷《やしき》から姿を消したのだ。

「――そうか、逃げたか」

狼狽《ろうばい》と焦《あせ》りを隠せぬ配下とは対照的に、調《しらべ》は冷静な態度を崩さなかった。

「部屋に残された残像から見て、まだ脱走から三十分以上は経《た》っていません。捕捉は可能と思われます！　ご許可を！」

配下の一人が激しく興奮した口調で調《しらべ》に捜索の許可を求めた。閉じ込めていた屋敷《やしき》から逃走されて、侮辱されたように感じていたのは彼一人ではない。その証拠に、周りから賛同の声が幾つも上がった。

「捜索の必要は無い」

そんな彼らにとって、調《しらべ》の答えは予想外であり承服し難《がた》いものだった。正面切って反抗する者はいなかったが、控えめな不平の声が一つならず上がる。

「ローラ・シモンは私の式鬼《しき》が捕捉している」

しかし調《しらべ》のこの一言で、不平は感嘆に替わった。

「……調《しらべ》様は、あの女が脱走することを予想しておられたのですか？」

「もちろんだ。何時《いつ》までも大人しくしている女でないのは、お前たちにも最初から分かっていただろう？」

「最初から……。では式鬼《しき》を付けたのも？」

調《しらべ》はこの問い掛けに、意味ありげな笑みで答える。

「おおっ」という称賛の嘆声が口々に漏れた。

「例の物を」

調《しらべ》が部屋の隅に控えていた少年の配下に声を掛ける。いや、まだ半人前だから配下ではなく弟子と呼ぶべきか。

弟子の少年はキビキビと一礼して退室し、すぐに戻ってきた。

彼は両手で白木の三方《さんぼう》を捧《ささ》げ持っている。三方《さんぼう》の上には呪符の束が載っていた。

「あの女に付けた式鬼《しき》と対を成す追捕之符《ついぶのふ》だ。目的は潜入を手引きした間者の捕縛」

「あの者はその為《ため》の餌でございましたか……」

「FAIR《フェア》などという新参の雑魚《ざこ》は十師族《じゅっしぞく》の連中にでも相手をさせておけば良い。我々が潰さなければならないのはこの国を汚す賊の手引きをする元凶だ。元凶である間者が現れるまで、あの女に気付かれるなよ。その為《ため》の追捕之符《ついぶのふ》だ」

「かしこまりました！」

調《しらべ》の下知《げじ》に、配下の者たちは声を揃《そろ》えた。そして続々と三方《さんぼう》の上から呪符を手に取った。

◇　◇　◇

十六夜調《いざよいしらべ》の屋敷《やしき》から脱出を果たしたローラは東へ向かっていた。交通手段は意外なことに警察車輌《しゃりょう》だ。

ローラは屋敷《やしき》から楽に脱出できたわけではない。十六夜調《いざよいしらべ》は最終的に彼女を泳がせるつもりだったが、そのタイミングは決めていなかった。間者が何時《いつ》ローラに接触を図ろうとするのか、彼には分からなかったからだ。

だから閉じ込めておく為《ため》の術を都合良く緩めることもしていない。同時に、囚人が術を破れなくても真の目的を果たせない。故に調《しらべ》は、補助手段を持たないローラには解除できない難易度で、彼女が全力を出せば破壊できる強度に「封じの術」の強度を設定していた。

調《しらべ》はローラの占術の技量を甘く見ていた。実を言えば彼はローラが自分から動くのではなく、間者の方から接触してくるのを待っていた。配下の前では「全て予定どおり」という顔をしていたが、その点では計算違いをしていた。

しかし「市販のカードではまともな呪法は使えない」という点は、彼が考えたとおりだった。調《しらべ》が差し入れたタロットカードはローラの魔法を補助する媒体にはならず、彼女は調《しらべ》の術を己の魔法力だけで破らなければならなかった。

調《しらべ》の術を力尽《ちからず》くで突破した直後のローラは、内面も外面も酷《ひど》い有様《ありさま》だった。精神的な疲労は当然激しく、物理的な拘束力を持つ術を破った反動で薄手のシャツとスカートは所々擦り切れ、目の下にクマを作り全身から倦怠《けんたい》感を滲《にじ》ませていた。

それは一見、長期間虐待を受けていたような有様《ありさま》だった。自転車で警邏《けいら》中の警察官が声を掛けた程だった。

ローラはその警官を魅了した。女性としての魅力で、ではなく――それが皆無ではなかったが――魔女の魔法で。男性を魅了する魔眼は、魔女の基本技能だ。抵抗力が強い調《しらべ》のような高レベルの魔法師には通じなくても、非魔法師《マジョリティ》の一般人が相手であれば、それが精神を鍛えた警察官でも魅了するだけの技量がローラにはあった。

魅了といっても自由意志を完全に奪って操り人形にしたわけではない。男性としての親切心を起こさせて、警察車輛《しゃりょう》で安全な場所まで送り届ける気にさせた。一人ではなく、派出所にいた同僚の警官も同様に魅了した。

このようにローラの逃亡は順調に見えていたが、脱走の際に消耗した力は回復していなかった。その所為《せい》で彼女は、自分の影に潜む調《しらべ》の式鬼《しき》に気付いていなかった。

◇◇◇

ローラをUSNAに帰国させるべく派遣された八仙《はっせん》の一人、何仙姑《ヒーシャングー》は外見を変える魔法の名手だ。リーナや光宣《みのる》の［仮装行列《パレード》］とは異なる仕組みだが、外見を偽る点に関しては、何《ヒー》仙姑《シャングー》の［変化《へんげ》］は［仮装行列《パレード》］に勝るとも劣らない。その魔法を駆使して、何仙姑《ヒーシャングー》は首都圏の片隅に溶け込んでいた。

何仙姑《ヒーシャングー》が日本に来たのは、これが初めてではない。それどころか密入国の回数は二十回を超えている。日本だけではない。彼女は［変化］の魔法を活《い》かして東アジア全域を飛び回り、多くの工作拠点を築いてきた。謂《い》わば潜入と拠点作りの専門家だった。

彼女が現在潜伏しているのは、日本各地に作った拠点の一つだ。五年前の横浜《よこはま》侵攻作戦の際、陳祥山《チエンシャンシエン》に譲った東京の拠点の代わりに、旧埼玉県南部の民家を日本人の協力者に買い取らせた物だった。

この拠点の入手に当たっては、周公瑾《しゅうこうきん》も在日華僑《かきょう》も関与していない。その為《ため》、陸軍情報部及び公安による周公瑾《しゅうこうきん》―顧傑《グ・ジー》ルート工作拠点の洗い出しにも引っ掛からなかった。

ここが知られているはずはないのだ。にも拘《かか》わらず、何仙姑《ヒーシャングー》は日本の魔法師が使役する鬼《き》の接近を感じていた。

工作に必要な情報として、何仙姑《ヒーシャングー》は日本の古式魔法に関する知識を身に付けている。自分で使うことはできないが、自分に向けられた、あるいは向けられようとしている術がどのようなものかを認識することはできる。

陰陽師《おんみょうじ》が使役する式鬼《しき》をくっつけた人間が近付いてきている。——何仙姑《ヒーシャングー》はそう感じた。

（自発的に伴っているのではなく、気付かぬ内に取り憑かれたようですね……）

（取り憑《つ》かれているのは……魔法師ですか。一般人ならともかく、鬼《き》に付《つ》き纏《まと》われて気が付かないとは情けない）

心の中で侮蔑の言葉を呟《つぶや》いて、何仙姑《ヒーシャングー》はふと小首を傾《かし》げた。二つの疑問が彼女の脳裏に浮かんだ。

一つは、式鬼《しき》に憑《つ》かれている魔法師の気配が弱者のものではないことに対する違和感。彼女の感覚では、式鬼《しき》と共に近付いてくる魔法師はかなりの能力者だ。そんな高レベルの魔法師が式鬼《しき》を張り付けられて気付かないのは不自然だった。

もう一つは、この魔法師の気配が「魔女」のものと思われたことだった。今回の何仙姑《ヒーシャングー》の目的は「魔女」の救出だ。もしかして式鬼《しき》に張り付かれているこの魔法師が、今回の救出対象なのだろうか。

だとすれば状況は悪い。あの「魔女」は自分を釣り上げる為《ため》の餌で、式鬼《しき》は自分の居場所を探る為《ため》に張り付けられている——何仙姑《ヒーシャングー》はそう考えた。

それが敵の計略ならば、対策を練らなければならない。最も簡単なのは近付いてくる「魔女」に会わないことだ。一体どうやって自分の居場所を摑《つか》んでいるのか分からないが、こちらも式鬼の気配を捉えているから躱《かわ》すのは難しくない。

だがそれはミッションの放棄と同義であり、最後の手段だ。それよりもここで追跡者を無力化しておけば、その後の日本脱出が容易になる。

式鬼《しき》の接近を感知できているということは、追跡者はこちらが鬼《き》に対処する術を持っているとは知らないのだろう。——何仙姑《ヒーシャングー》はそう考えて、罠《わな》の準備を始めた。

◇◇◇

「ありがとうございます。ここで大丈夫です。ご苦労様でした」

ローラが官能的な笑顔で警察官を労《ねぎら》った。一般人が警察官に掛けるには不適当と感じる者も少なからずいるであろうセリフ。だが、当事者の警官は二人とも笑顔で「お気を付けて」と答えて、パトカーの中からローラを見送った。

ローラは一軒家の一つに向かって歩み出し、途中で振り返った。警察の車輛《しゃりょう》が遠ざかっていくのを確認してから、進む方向を変える。

何の変哲もない中古戸建て家屋の前に立ち、ローラは「ここね」と呟《つぶや》いた。

「初めまして。ローラ・シモンよ」

「日本では加瀬《かせ》蓮花《れんか》と呼んでください」

ローラの自己紹介に対して何仙姑《ヒーシャングー》はそう応えた。

「日本では、ね」

「ええ。それ以外の名前は名乗らない方が良いでしょう。咄嗟《とっさ》に別の名前が出て来ても怪しまれるだけですし」

「そんなヘマをするつもりは無いわ」

ローラが強気な態度を取っているのは、弱みを見せたくないと考えているからだろう。要するに虚勢だが、相手の立場が圧倒的に強い時こそ弱気な態度を見せたら負けだ。そこで上下関係が決まってしまう。それが彼女の生きる世界の法則だった。

「貴女《あなた》、八仙《はっせん》でしょう。コードネームを教えてくださらない？」

「知らない方が良いと申し上げましたが……」

八仙《はっせん》の身分を言い当てられても、何仙姑《ヒーシャングー》は動揺の欠片《かけら》も見せなかった。彼女は摑《つか》みどころの無い笑顔でローラの要求を拒否した。

コードネームは本名ではないが、魔法師としての名前は偽りの日本人名より本質に近い。そう考えてローラは八仙《はっせん》としてのコードネームを聞き出そうとしたのだが、彼女が予想した以上に何仙姑《ヒーシャングー》のガードは堅かった。

「……そう。ところで私を日本に連れてきた、ご同輩の呂洞賓《ルウドンビン》はどうしたの？」

「別の者が回収に向かっています」

攻め口を変えて揺さぶりを掛けたローラだったが、何仙姑《ヒーシャングー》はやはり動じなかった。

「では貴女《あなた》が私を逃がしてくれるのかしら」

「そうです。早速動きましょう」

「──了解よ」

寡黙ではないが余分な情報を漏らさないという何仙姑《ヒーシャングー》の巧みな受け答えに、ローラはいったん、探りを入れるのを諦めた。

「まず、これを」

「パスポート？　持っているわよ」

何仙姑《ヒーシャングー》がローラに差し出したのはUSNAのパスポートだった。

「そのパスポートはマークされている可能性があります。取り替えた方が無難です」

「そっ。分かったわ」

ローラはあっさりそう言って、唯一の携行品である小さなハンドバッグから入国の際に使ったパスポートを取り出した。

その瞬間、ローラは顔を顰《しか》めた。十六夜調《いざよいしらべ》の屋敷《やしき》を脱走する際にハンドバッグに突っ込んだきりで本来提示すべきだった警官には見せていないから、屋敷《やしき》を出た後にパスポートに触るのは初めてだ。

「あの男！」

ローラはいきなり眉を吊《つ》り上《あ》げて、パスポートを床に叩《たた》き付《つ》けた。

「ふざけた真似《まね》を！」

ローラが「力」を込めてパスポートを踏みにじる。

パスポートの紙のページから人造精霊——式鬼《しき》が滲《にじ》み出しローラの足下で霧散した。

何仙姑《ヒーシャングー》は無感情な笑みを浮かべてその様子を見ている。

彼女はパスポートの式鬼《しき》が囮《おとり》に過ぎず、本命の式鬼《しき》は他に憑《つ》いていることを見抜いている。

何仙姑《ヒーシャングー》は心の中で、それに気付いていないローラに表に出した笑みとは種類が異なる、冷笑を浮かべていた。

「上の寝室に着替えも用意してあります」

着替えろという間接的な指示に、ローラは反抗しなかった。彼女は何仙姑《ヒーシャングー》の手から新しいパスポートを引ったくって、着替えが用意してあるという二階へ向かった。

少しして、着替えたローラが脱いだ服を手にして戻ってきた。

「この服、呪符が仕込まれているわね」

そして着ている服の襟を軽く抓《つま》み、不快感を露《あら》わにした口調で何仙姑《ヒーシャングー》に文句を付ける。

「追跡の魔法を避ける為《ため》の符です。同様の理由で、着ていた服は置いていきましょう」

しかしこう言われれば、パスポートに仕込まれた式鬼《しき》に気付かなかったローラには反論できなかった。

「では早速移動しましょう」

「――ええ、案内して」

虚勢を崩さず高飛車な口調で応えるローラ。

そんなローラを伴い、何仙姑《ヒーシャングー》は薄ら笑いを浮かべたまま拠点を後にした。

ローラが脱ぎ捨てた衣服と、十六夜調《いざよいしらべ》の呪力が残存するパスポートを残して。

◇◇◇

ローラを追う自走車の中で、十六夜調《いざよいしらべ》はローラの偽造パスポートに仕込んでいた式鬼《しき》が壊されたのを感知した。

「フッ、ようやく気付いたか……」

そして失笑を漏らし呟《つぶや》く。ただその口調に嘲りのニュアンスは無かった。ロ、ロ、ローラのか、か、か、格下が、調《しらべ》の術に中々気付かないのは、彼にとって当然だった。

影に潜ませた本命の式鬼《しき》は健在だ。先程から動いていない。囮《おとり》の式鬼《しき》を始末したことで油断しているのだろうか。ローラが脱走中であることを考えれば随分呑気《のんき》にも思われるが、調《しらべ》は違和感を覚えていなかった。

彼にとってFAIR《フェア》は自分が適当に操っていた進人類戦線《しんじんるいフロント》の提携相手、彼に操られているとも気付かなかった雑魚《ざこ》と同じレベルの組織でしかない。

そんな程度の低い連中と、それを手引きしている工作員如《ごと》きでは自分の敵にはなり得ない。

――十六夜調《いざよいしらべ》は特に意識することなく自然にそう考えていた。


式鬼《しき》と連動した呪符――追捕之符《ついぶのふ》が指し示しているのは何の変哲もない中古の一軒家だった。調《しらべ》は配下に合図して包囲の陣を敷かせた。その上で彼は呪符を取り出し、式鬼《しき》に変えて屋内の偵察に放つ。

式鬼《しき》を通じて家の中を見て回った調《しらべ》は、無意識に眉を顰《ひそ》めた。

――誰もいない。

「調《しらべ》様、包囲が完了しました」

そこへ配下のリーダーから報告が入る。

「分かった。二人、付いてこい」

れ家の中へ踏み込んだ。

「はっ。おい」

リーダーの合図に従って、二人の術者が調《しらべ》の背後に付いた。

人影は無いが、気配はある。何よりローラ・シモンに取り憑《つ》かせた式鬼《しき》は、家の中に留まっている。調《しらべ》はこの不自然な状況の実態を自分の目で確認すべく、配下二人に背中を守らせて隠れ家の中へ踏み込んだ。

中に入った調《しらべ》は、二人の人間の気配をハッキリと捉えた。家の外から式鬼《しき》の目を通して見た時よりも明瞭に感じられる。その内の一つは、間違いなくローラ・シモンのものだった。

（小賢《こざか》しい――）

（囮《おとり》の式鬼《しき》に気付いて［感覚同調］を妨げる結界を張ったか）

式鬼《しき》が見たものや聞いたものを術者がそこにいて見聞きしたように知覚する古式魔法の術式［感覚同調］。間者は自分たちの姿を見られないように、この術式を妨害する結界を張ったに違いないと調《しらべ》は考えた。

ローラの魔法とは、調《しらべ》は思わなかった。魔女の魔法は人間という事象に干渉するもの。相手が妖魔ならともかく、式鬼《しき》に干渉する術が使えるとは考えにくい。もしそれが可能であるなら、ローラはもっとスマートに脱走したはずだ。

その程度の術は使えるのか――。調《しらべ》は逃亡を助けに来た間者に少しの警戒感を懐《いだ》いた。それでもまだ、自分の優位を疑ってはいない。彼の自負は、この程度で揺らぐものではなかった。

ローラに憑《つ》けた式鬼《しき》との連絡を遮断できていないのが、調《しらべ》の自負を支える根拠となっていた。

一般的な戸建ての間取りから見てローラがいるのは居間、もう一人が潜んでいるのは台所だろう。調《しらべ》は投げ矢サイズの『破魔矢』を取り出して居間と思《おぼ》しき部屋の扉を勢い良く開けた。

◇　◇　◇

「掛かった」

空港に向かうロボットタクシーの中で、何仙姑《ヒーシャングー》は不意に呟《つぶや》いた。

「何がです」

隣に座っているローラが問い掛ける。もっとも、彼女は同行者から答えが返ってくるとは期待していなかった。

「思い上がった追跡者が、ですよ」

だがローラの予想に反して、何仙姑《ヒーシャングー》は笑顔で答えた。ローラにはその楽しそうな笑みが、正体不明の助力者が初めて見せた本音の感情に思われた。

「もう少し詳しく説明してもらっても良いかしら」

ダメで元々、そういう気持ちで突っ込んだ質問をするローラ。

「日本の魔法師は陣術に不慣れなようですね」

「陣術？」

「場を閉ざす結界術や鬼《き》を使役する召鬼術には確かに見るべきものがあります。しかし結界術に慣れている所為《せい》で、閉ざされていない陣に対する警戒が薄いのでしょう。また召鬼術に下手な自信があるから鬼《き》の支配権を奪われたのに気付きもしない。そもそも召鬼の符術は私たちが本場なのですが」

「……あの男の使い魔を奪ったということ？」

「正確に言えば奪ったのではなく命令を書き換えたのです。ミズ・シモン、貴女《あなた》ではなく貴女《あなた》の体液が染《し》みついた服に憑《つ》くように」

「体液……汗ってこと？　その為《ため》に着替えさせたの？」

ローラが嫌そうに顔を顰《しか》める。彼女も女の端くれだから、自分の汗が染《し》みた服を囮《おとり》に使ったと聞かされて平気ではいられなかった。

「ちゃんとお断りしましたよ。追跡を避ける為《ため》に着替えてもらったのだと」

「…………」

「脱いだ服と貴女《あなた》の『縁』は断ち切っていますので、呪法に利用される心配はしなくても大丈夫ですよ」

「そんなことは心配していないわ。呪いを返すのが貴女《あなた》たちの専売特許とは思わないことね」

「これは失礼……」

何仙姑《ヒーシャングー》は新たに控えめな笑みを浮かべた。その笑い方が何だか上から目線に思われてローラは不快だったが、ここで癇癪《かんしゃく》を起こすのは大人げないと自制した。

◇◇◇

どうしてこうなった！　と出来の悪いコメディドラマのようなセリフを、調《しらべ》は心の中で繰り返し叫んでいた。

居間に踏み込んだ彼が見た物は、脱ぎ捨てられた衣服と踏みにじられた偽造パスポート。人の姿は見当たらない。ローラも間者も影も形も無かった。自分がまんまと出し抜かれたと、調《しらべ》は認めざるを得なかった。

屈辱を噛《か》み締《し》めて、調《しらべ》はすぐに追跡を再開しようとした。ローラが脱いだ衣服を媒体に使えば、居場所を突き止めるのは難しくない。彼はそう考えて自分を慰めた。

調《しらべ》は部下にローラの服を拾わせて、隠れ家の一軒家を後にしようとした。忌々《いまいま》しいこの場所から一刻も早く離れたかった。

ところが——彼は家から出られなくなった。

広くない、平凡な中古の二階建てだ。間取りを忘れたり勘違いしたりする程ではない。

今いる居間の位置は、玄関を入ってすぐ。

外に出るルートは考えるまでもなく即座に思い浮かぶ。

それなのに彼らは、調《しらべ》と彼の配下は皆、そのルートを間違えた。

玄関へ続く廊下へ出ようとしたのに、ドアを開けたままの出入り口から彼らが移動した先はダイニングだった。慌てて廊下に出ると、そこには階段があった。さすがにその時点で調《しらべ》は、自分たちが敵の術中に落ちていると覚《さと》った。

「これはおそらく［八門遁甲《はちもんとんこう》］の術法だ。式鬼《しき》を放ち『開門《かいもん》』を探せ」

調《しらべ》は足を止め呪符を取り出しながら、配下にもそう指示した。［八門遁甲《はちもんとんこう》］は東亜大陸で占術から発展した古式魔法で、陣――魔法的なフィールドを形成する大規模領域魔法の一つだ。「陣」の魔法は土地や家屋を指定し、多くはそこに幻術的な効果を付与する。通常の領域魔法に比べて効果範囲は広いが準備に時間が掛かる上、それほど強い力は発揮できない。

効力不足の欠点を補う為《ため》には、指定領域内に敢《あ》えて効果が低いゾーンを作り出し他のゾーンに作用する魔法の効果を上げるというテクニックが用いられる。［八門遁甲《はちもんとんこう》］はその典型だ。

なお［鬼門遁甲《きもんとんこう》］は［八門遁甲《はちもんとんこう》］と源流を同じくする魔法だが、今やこの二つは完全に別物だ。

元になった占術の八門遁甲《はちもんとんこう》では吉となる三つの方位と凶となる四つの方位、吉凶相半ばする一つの方位があると定義されている。「陣」の古式魔法［八門遁甲《はちもんとんこう》］にも難を逃れるゾーンが三つあるが、その内で脱出路になるのは一つだけだ。他の二つは所謂《いわゆる》セーフティエリアでしかない。調《しらべ》が探すよう指示した『開門《かいもん》』は、残る一つの脱出ルートのことだった。

何度も述べたように、調《しらべ》が誘い込まれた隠れ家は平凡な戸建て住宅だ。二階建てだが大した広さではない。調《しらべ》の感覚では、はっきり言って狭い。少なくとも彼が暮らしている屋敷《やしき》とは比べものにならない。

(……何故《なぜ》だ!)

その狭い家から脱出できない調《しらべ》は、何度目か分からない絶叫を心の中で放った。口に出さないのはせめてものプライドだが、それもこのままでは何時《いつ》まで持つか分からない。他ならぬ調《しらべ》自身がそう懸念《けねん》していた。

[八門遁甲《はちもんとんこう》]は調《しらべ》にとって、未知の魔法ではない。自分で使うには至らないが、この魔法を使う敵と遭遇した時に備えて破り方は研究していた。今がまさに、そのケースだ。だから惑わされてすぐに[八門遁甲《はちもんとんこう》]だと気付いたし、脱出路である『開門《かいもん》』の場所も探知できた。だがその『開門《かいもん》』までが遠い。正しいルートを選んでいるはずなのに、何故《なぜ》かたどり着けない。

調《しらべ》は[八門遁甲《はちもんとんこう》]に、もう一つの魔法が重ねられていることに気付いていなかった。

八仙《はっせん》・何仙姑《ヒーシヤングー》の得意魔法は[変化《へんげ》]。それは自分の外見を変えるだけの魔法ではなかった。自分と他人の外見を変えるだけでもなかった。人間の「外見」を変えるだけでなく、情報体を別の姿に見せることが可能だった。

リーナや光宣《みのる》の［仮装行列《パレード》］は偽りの情報体を作り上げて本来の情報体を覆い隠してしまう。だが何仙姑《ヒーシャングー》の［変化《へんげ》］は、情報体を観測する知覚の方を狂わせる。

情報体自体を偽装しているのではない為《ため》、情報次元を直接観測する［エレメンタル・サイト］のようなハイレベルの知覚力には通用しない。だが通常の魔法師が行っているように事物・事象を通してその背後にある情報を読み取る視覚の場合、その過程で幻影が「眼《め》」に映り込んでしまう。

しかもその魔法は呪符という実体物を媒体にしている。［変化《へんげ》］の効果は、呪符が力を失うまで保たれる。

基本的に媒体となる物を使わない現代魔法に対して、実体を持つ物を媒体に使う古式魔法は持続時間が長い傾向にある。これは現代魔法に対する古式魔法の特徴の一つだ。持続時間が長いのは必ずしも長所とは言えないが――長い持続時間は解除に手間が掛かるという扱い辛《づら》さと裏腹だ――罠《わな》として使うには間違いなく都合が良い。

調《しらべ》が式鬼《しき》を通じて読み取っている［八門遁甲《はちもんとんこう》］の構造は、この何仙姑《ヒーシャングー》の魔法によって真の姿から歪《ゆが》められているのだった。

調《しらべ》が［八門遁甲《はちもんとんこう》］からの脱出に成功した頃には、ローラを乗せたロボットタクシーは空港に着いていた。何仙姑《ヒーシャングー》が保証したように、ローラが残していった衣服から呪詛《じゅそ》を掛けることも不可能だった。

ローラは何仙姑《ヒーシャングー》に連れられて無事に日本を脱出し、十六夜《いざよい》調《しらべ》はそのプライドを粉々に打ち砕かれた。

【6】密出国

達也《たつや》と光宣《みのる》が沖縄の嘉手納《かでな》基地を訪れ、ローラが日本からの脱出を果たしたその日の夜。

消灯後の見回りが終わった病室で、遼介《りょうすけ》は最低限の身の回り品だけを詰めたデイパックを背負って窓を開けた。

季節は真夏。冷房の為《ため》に窓は閉まっていたが、クーラーを嫌って外の風を入れたがる入院患者もいるので窓を開けただけでは怪しまれない。だが窓枠を乗り越えればその直後に警報が鳴るだろう。監獄ではないので脱走に備えた警報ではない。落下事故や自殺を警戒して設置されている物だ。

「止めた方が良い。窓から飛び出したりしたら、すぐに気付かれてしまう」

躊躇《ためら》っていた遼介《りょうすけ》は背後から聞こえてきた、今の心情をそのまま言い当てるセリフに慌てて振り返った。

そこには何時《いつ》の間《ま》にか、存在感が薄い人影が立っていた。

背は高くもなく低くもない。太ってても痩せてもいない。体形に不自然なくらい特徴が無い。

顔立ちも同じ。バランスは取れているが特徴と呼べる点が無い。客観的に見れば辛《かろ》うじて二枚目と言えるが、目を惹《ひ》く点が無さ過ぎて地味な印象しか残らない。まるで「平凡」という鋳型を使った量産品のような外見の男だった。

「誰だ？」

　ここで大声を上げない分別と冷静を遼介《りょうすけ》は保っていた。

「お前の協力者だ」

　男の答えに、遼介《りょうすけ》は眉を顰《ひそ》める。

　遼介《りょうすけ》は男の名を問わなかった。答えは返ってこないと、分かり切っていたからだ。

「協力者？　何を協力してくれると言うんだ？」

　名を問う代わりに、遼介《りょうすけ》はこう訊《たず》ねた。

「アメリカに行きたいのだろう？」

　男は答えを質問の形で返した。

「……密入国するつもりはないぞ」

「手助けは不要か？」

　遼介《りょうすけ》は、首を振れなかった。

　縦にも、横にも。

「手助けは不要か」と問われて「不要」と頷《うなず》くこともできなかったし、「手を貸してやろう」という意味の問い掛けに「いらない」と断ることもできなかった。

「そもそも病院を脱走しても無意味だ。その位、分かっているはずだが」

　今度も遼介《りょうすけ》は、何も言い返せなかった。

確かにこの男の言うとおりなのだ。長期滞在が可能なビザを申請して大使館で面接を受ける段取りを付けても、その場ですぐにビザが下りるわけではない。実際にビザが発給されるのは、順調にいっても数週間先だ。もしかしたら数ヶ月先かも知れない。

遼介《りょうすけ》の退院予定日は二日後。今夜病院を抜け出したところで、知り合いから一時的に姿を隠す効果しかない。その結果、余分なトラブルを招き寄せる可能性の方が高い。

結局のところ遼介《りょうすけ》は、逃避衝動の虜《とりこ》になっているだけなのだ。家族に居場所がバレるのを恐れる余り、短絡的に逃げだそうとしているに過ぎない。そして自分でもそれを、本当は理解していた。

「まず、トラブルにならない形で退院することが必要だ」

言葉に詰まった遼介《りょうすけ》に無理矢理回答を求めたりせず、男は自分から話を続けた。

「明日、一日早く退院できるよう手配しよう。同時に勤務先へ退職を届け出れば、身を隠しても官憲に介入されることはない」

「そんなことができるのか……？」

「病院の方は任せておけ。退職届はオンラインで提出すれば良い」

「オンライン……」

「できないのか？」

「いや、できるが……それは余りに不義理というか」

躊躇《ちゅうちょ》する遼介《りょうすけ》に、男は呆《あき》れ顔《がお》を見せた。

「義理を気にしても仕方が無いだろうに」

言い含める口調で男に言われて、

「――フハッ！」

遼介《りょうすけ》は嘲笑を漏らした。

自らを嘲る嗤《わら》い声だ。夜逃げしようとしていた自分が不義理を気にするなど、笑い話にもならないと彼は思った。

それで、遼介《りょうすけ》の腹は決まった。

「改めて頼む。力を貸してくれ」

「承知した。大門《おおと》だ」

「大戸《おおと》さんか。既に知っていると思うが、遠上遼介《とおかみりょうすけ》だ。よろしく頼む」

「おおと」を「大戸」という苗字《みょうじ》と解釈して、遼介《りょうすけ》は今更と思いつつ名乗った。

握手の手は、差し出さなかった。

「明日の朝、また来る」

「分かった」

男が音も無く病室から出て行く。

遼介《りょうすけ》は背負っていたデイパックを降ろし、パジャマに着替えベッドに潜った。

翌日の午前中、まだ早い時間。遼介《りようすけ》は自分で退院の手続きをした。朝の時点で退院日は変更されていた。細工をしたのは言うまでもなく、昨夜「大門《おおと》」という偽名を使って遼介《りようすけ》に接触した藤林大門《ふじばやしひろと》だ。

病院を後にした遼介《りようすけ》は、伊豆《いず》の社宅に向かった。そう遠くない未来、アメリカに戻るつもりだったので社宅に置いてある荷物は少ない。それでもパスポートを始めとする、回収しなければならない貴重品があった。

社宅には問題なく入れた。――彼はまだここの住人なのだから当たり前だ。

警備システムに弾《はじ》かれるかも、と一抹の懸念《けねん》を懐《いだ》いていた遼介《りようすけ》は「自意識過剰だろ……」と自分のことが可笑《おか》しくなった。

退職手続きは部屋に備え付けの端末で行った。余りにも部屋に物が無いのを見かねた藤林《ふじばやし》が社の経費で追加した物だ。無駄なお金を使わせたことに、遼介《りようすけ》は少しの罪悪感を覚えた。

だがこのままメイジアン・カンパニーに――日本に留まり続けるのは、遼介《りようすけ》としてはあり得ない。もう決めたことだ。敢《あ》えて大袈裟《おおげさ》に言えば、賽《さい》は投げられた。後はルビコン川を渡るしかない。退職届を送信した後の遼介《りようすけ》は、それ位の心境だった。

ただこの後、午後からＵＳＮＡ大使館で申請したビザの面接を予約している。感傷に浸っている暇は無かった。纏《まと》めた荷物を帰国の際にも使った３ＷＡＹバッグに入れて背負い、鍵を中に置いて遼介《りょうすけ》は部屋を出た。

今時珍しくもないが、この社宅に管理人はいない。不都合があれば管理会社の従業員が駆け付けることになっている。遼介《りょうすけ》は誰にも見咎《みとが》められずに、数ヶ月を過ごしたこの場所を離れられるはずだった。

だがオートロックになっているロビーで、彼は思い掛けない事態に遭遇した。

今日は水曜日。メイジアン・カンパニーも魔工院《まこういん》も、当然業務中だ。

「——あらっ？　遠上《とおかみ》さん？」

それなのに何故《なぜ》か社宅のロビーで、遼介《りょうすけ》は真由美《まゆみ》と鉢合わせしてしまった。

◇　◇　◇

この時間に真由美《まゆみ》が社宅に帰ってきたのは全くの偶然だった。職場で足りない物があって、注文するよりも自分の部屋から取ってくる方が早かったという、それだけの理由だ。ここで遼介《りょうすけ》に会ったのは、真由美《まゆみ》にとっても予想外だった。

「七草《さえぐさ》さん……」

遼介《りょうすけ》は顔色が悪い。真っ青とまでは行かないが、近付かなくても分かるほど青ざめている。退院したばかりだからかな？　と考えたところで、真由美《まゆみ》はあることに気付いた。

「遠上《とおかみ》さん、退院は明日の予定では？」

「………」

遼介《りょうすけ》は答えない。

嫌な予感が、真由美《まゆみ》の中で膨れ上がる。

「遠上《とおかみ》さん、その荷物は？　ご出張ではありませんよね？」

「……先程、退職届を提出しました」

「ご実家に戻られるんですか？」

質問しながら、真由美《まゆみ》は「そうじゃない」と確信していた。

「……実家には、戻りません」

「では、どちらに？」

無遠慮かも知れない、という思いはあった。彼女と遼介《りょうすけ》は単なる職場の同僚、それも今年の四月からの付き合いでしかない。だが賊を相手に三度も共闘した間柄、共に死線を潜った仲だ。真由美《まゆみ》は、無関心ではいられなかった。

「………」

「もしかして、またアメリカに？」

遼介《りょうすけ》は返答しなかったが、彼の表情で真由美《まゆみ》は答えを察した。

「……そうですか。渡米して、もう戻ってこないつもりなんですね」

「……そうです」

遂《つい》に観念したのか、遼介《りょうすけ》は自らの口で認めた。

真由美《まゆみ》が哀《かな》しげな顔で俯《うつむ》く。

遼介《りょうすけ》の顔に焦《あせ》りの表情が浮かんだが、「何故《なぜ》」と困惑する必要は無かった。

「私がご家族に遠上《とおかみ》さんのことを告げ口すると思われたんですか？　それで日本に居辛《づら》くなったから？」

「誤解です！」

真由美《まゆみ》が何を誤解しているのか知った遼介《りょうすけ》は、大声で否定した。

「俺が日本に戻ってきたのはミレディ——レナ・フェールに、司波《しば》専務が何を企《たくら》んでいるのか探るよう命じられたからです。俺は最初からスパイだったんですよ！」

突然大声で自白を始めた遼介《りょうすけ》を前に、真由美《まゆみ》は取り敢えず大きな瞬《まばた》きを繰り返した。

「確かに切っ掛けは七草《さえぐさ》さんから聞いた妹の話でした。でもそれは単なる切っ掛けです。メイジアン・ソサエティとＦＥＨＲ《フェール》の提携が成立した今、スパイの仕事は完了したと判断しました。だからＦＥＨＲ《フェール》に戻ろうと決めたんです」

「戻る、ですか……」

真由美《まゆみ》が控えめな笑みを浮かべる。遼介《りょうすけ》にはその笑顔が、少し寂しげなものに感じられた。

彼は直《す》ぐ様《さま》「そんなはずはない」と自分の印象を否定したが、罪悪感は消えなかった。

「遠上《とおかみ》さんの忠誠は、レナに捧《ささ》げられているんですね」

「――はい」

遼介《りようすけ》はしっかりと頷《うなず》いた。この問いに曖昧な答えを返すことは、彼にはできなかった。

「しかし、日本を――祖国を捨てる必要は無いのではありませんか？　ましてや家族との絆《きずな》まで断ち切ってしまうのは、正しいこととは思われません」

誤魔化しは利《き》かない。――遼介《りようすけ》はそう思った。

ここで真由美《まゆみ》を納得させる必要は、遼介《りようすけ》には無い。彼女が何を言おうと、彼がこれから取る行動は決まっている。むしろ、ここで余分な時間を使うべきではなかった。

「俺はミレディの為《ため》に働きたいんです。彼女に『もう要らない』と言われるまで」

だが遼介《りようすけ》は、自分の理性が出した冷静な判断に従わなかった。

「俺の時間は全てミレディの為《ため》に使いたい。他のことが入り込む余地はありません」

「……ご家族のことも？」

遼介《りようすけ》の熱量に圧倒された表情で、それでも真由美《まゆみ》は反論を絞り出した。

「そうです」

だが迷い無くそう言われて、真由美《まゆみ》は遂《つい》に言葉を失った。

「俺は人でなしです。親不孝な息子、薄情な兄貴だ。五年前の俺なら先頭に立ってこの俺を詰《なじ》り、罵っていたでしょう。そして家族には縁を切れと勧めたはずだ。……それが、今の俺です。

それでも俺は、あの人の役に立ちたい。あの人の側で、あの人の為《ため》に尽くしたい」

「……………」

「アメリカの永住権を取るのは、簡単なことではありません。俺には特筆すべき学識もスキルも無いし、後ろ盾になってくれる企業も無い。だから俺は、あの人の側にいる為《ため》に恥ずべき手段を取ります」

「そこまで……」

「ええ。そこまでしても。でも、こんな俺にもまだ、恥じる心は残っている。こんな俺を親や妹に知られたくないという見栄《みえ》がある。だから……」

自分には遼介《りようすけ》を説得できないと、真由美《まゆみ》は思い知った。

「分かりました。ご家族には伝えません」

無力感を噛《か》み締《し》めながら、そう応えるのが彼女の精一杯だった。

こうして遼介《りようすけ》はメイジアン・カンパニーから姿を消した。

だが達也《たつや》は部下の大門《ダイモン》を通じて、彼の動向を把握していた。

◇◇◇

八月二十五日、水曜日の夜。

沖縄の嘉手納《かでな》基地では、USNA空軍最新鋭極超音速・高高度戦略偵察機スプライトの離陸準備が進んでいた。

爆撃用途にも対応可能なウェポンベイには、無人偵察機の代わりに降下潜入作戦用特殊機体ステルスダイバーの積み込みが始まろうとしているところだ。

達也《たつや》と光宣《みのる》は既に普段着でステルスダイバーの操縦席に乗り込んでいる。シートの後ろにある小さな貨物スペースには、潜入用の着替えその他を詰め込んだ自前の背嚢《はいのう》が押し込まれていた。

「ミスター司波《しば》。ハッチを閉めますよ」

通常の戦闘機ではキャノピーと呼ばれる天蓋部だが、ステルスダイバーは外壁と同じ材質が使われ窓としての機能は全く無いので「ハッチ」と呼ばれている。

「お願いします」

達也《たつや》の答えと共に、彼が乗っている機体が密閉された。［仮装行列《パレード》］で変身した光宣《みのる》が乗っているステルスダイバーも同様だ。

ステルスダイバーを収納したウェポンベイを閉じて、戦略偵察機スプライトはゆっくりと滑走路に向かう。

この機の愛称『スプライト』の、単語本来の意味は「妖精」だがここでは気象用語のスプライト、中間圏で起こる赤い発光現象を指す名称から取られている。この現象は超高層雷放電の一つで『超高層紅色型雷放電』とも呼ばれている。

ＳＲ92スプライトは、かつて長きにわたって世界最速の翼の座に君臨した超音速戦略偵察機・ＳＲ71ブラックバードの系譜を受け継ぐ機体ではない。スプライトは公式に認められることがなかったＳＲ91オーロラの後継機だ。機体の形状も鋭角二等辺三角形の全翼機型をしている。

ただ全翼機だからといって、スプライトはステルス機ではない。あくまでも速度と上昇性能を追求した機体だった。

武装は爆撃装備時の対地ミサイルを除けば、ミサイル迎撃用対空レーザーが一門のみ。空戦は想定されていない。速度と高度で攻撃を躱《かわ》し、振り切れないミサイルはレーザーで迎撃するというコンセプトだ。今回達也《たつや》たちが搭乗しているステルスダイバーは対地ミサイルと同じ要領で射出されることになる。

達也《たつや》と光宣《みのる》をキャビンではなくウェポンベイに抱え込んで、スプライトは真夜中の南の空へ舞い上がった。

◇◇◇

スプライトが嘉手納《かでな》基地を飛び立ったのは午後九時過ぎだが、時差の関係でチベット上空に着いたのは午後八時前だった。

スプライトは沖縄からいったん南下し、インドシナ半島北部から大陸上空に侵入。ヒマラヤ山脈東端上空で、ステルスダイバーを投下した。

【7】ラサ潜入

観光都市でもあるラサでは、まだ観光客が出歩いている時間だ。店の灯《あか》りも煌々《こうこう》と点《とも》っている。地上の灯火を反映して、空も完全な暗闇にはなっていない。だがそれが逆に、街の光が届かない郊外に落下する飛翔《ひしょう》体を見えにくくしている面があった。

現在のチベットは大亜連合《だいあれんごう》の属国だ。チベットの対空防衛も大亜連合《だいあれんごう》が我が物顔で行っている。その大亜連合《だいあれんごう》軍の注意は高空を横切っていくスプライトに集中していて、街外れの丘に落下するステルスダイバーには気付かなかった。

潜入を気付かれなかったのは大亜連合《だいあれんごう》軍の不注意以外にも、達也《たつや》と光宣《みのる》の魔法制御が優れていたからという側面がある。ステルスダイバーは熱を排出するエンジンもレーダー波を反射しやすい翼も持たないが、自由落下で墜落したのではない。地面に衝突する直前に、飛行魔法で減速して着陸している。その魔法を、探知される元になる余分な想子波《サイオン》を出さずに必要最小限の出力でコントロールしていたからこそ、機械だけでなく大亜連合《だいあれんごう》の魔法師にも、ラサに潜入し彼らと暗闘を繰り広げている最中のIPUの魔法師にも気付かれなかったのだ。

ステルスダイバーを降りた二人はシートの後ろから背嚢《はいのう》を引っ張り出して背負い、ハッチを閉じて魔法で埋めた。探知されにくい材質を使っているので、この場所を偶然掘り返さない限り発見されないはずだ。

こうして偽装を完了し、二人は背嚢《はいのう》を背負ってラサの市街地へと歩き出した。

一見、無謀な若者の旅行者という風情《ふぜい》の二人は、市街地のすぐそばに着くまで誰にも会わなかった。

「達也《たつや》さん、少し不自然ではありませんか？」

光宣《みのる》がそう言ったのは、走りすぎる自走車のライトすら見掛けなかったからだ。着陸してから一時間。既に夜も更《ふ》けているとはいえ、一台も車が走っていないというのはおかしい。ラサはそれなりに大きな都市なのだ。

「都市が封鎖されているのではないか。一般的なロックダウンという意味ではなく、夜間に都市の外へ出ることを禁止しているという類のものだ」

「……唐の時代に長安で行われていた夜禁《やきん》のようなものですか？」

夜禁、または犯夜《はんや》の禁とは唐の長安だけでなくそれ以前の王朝でも行われていた夜間の往来を制限する制度で、都市の内部を土塀で小区画に区切り、その内部でのみ夜間の往来を認めるという制度だ。違反した者には鞭打《むちう》ちの刑が科せられたという。塀の内部では自由に歩き回れたというから、近代以降のロックダウンや外出禁止令などに比べて、まだ自由があったと言えるかもしれない。

「街の外が戦場になっているようだな」

「えっ……？」

光宣《みのる》が驚いた顔で辺りを見回し、その後、軽く俯《うつむ》いて耳を澄ませるような仕草を見せた。

「本当だ……。これは、魔法師《メイジスト》同士の戦闘ですね」

「静かな戦い方だ。双方とも、戦闘が行われているのを隠したいのか？」

「外出禁止も市民や観光客が巻き添えになるのを防ぐ為《ため》というより、戦闘が行われている事実を隠蔽する目的のものでしょうか」

「そうかもしれない」

言い方は控えめだが光宣《みのる》の意見には、達也《たつや》は完全に同感だった。

「だとすると……困りましたね。あれ、どうしましょうか？」

二人は話している間も、足を止めていなかった。そして市の南側を通っている幹線道路の向こう側には、油断なく身構えている魔法師数名の姿が見えていた。

「大亜連合《だいあれんごう》の戦闘魔法師か」

殺気立っている彼らの情報を簡単に読み取って、達也《たつや》がその結果を呟《つぶや》きの形で光宣《みのる》に伝える。

「臨戦態勢……と言うか、戦闘中のように見えますが」

光宣《みのる》もまた、別の視点から魔法師たちの状態を読み取った。

「実際に交戦中なのだろう。刺激するのは好ましくない」

「そうですね……。［鬼門遁甲《きもんとんこう》］で通り抜けますか」

光宣《みのる》が自らの魔法を使った突破を提案する。

その提案に対する達也《たつや》の答えは、是でも否でもなかった。

「いや、待て」

偶々《たまたま》だろうが、達也《たつや》の警告と同時に状況が動いた。

通りの向こう側で身構えている魔法師のさらに背後、街の中から笛の音が奏《かな》でられ始めた。

「この笛は⁉」

その演奏には魔法的な効果が込められていた。通俗的な言い方をするなら魔力が乗っていた。

その音色に、人間の運動神経を麻痺《まひ》させるその効果に、光宣《みのる》は覚えがあった。

「八仙《はっせん》、韓湘子《かんしょうし》か」

達也《たつや》がポツリと呟《つぶや》く。

光宣《みのる》は勢い良く達也《たつや》へと振り向いた。達也《たつや》は魔笛の演奏に、何の影響も受けていないように見えた。

光宣《みのる》は古式魔法の護法術を自身に素早く掛けて、達也《たつや》に問い掛ける。

「達也《たつや》さん、あの笛の奏者のことを知っているんですか？」

「八仙《はっせん》のメンバーについて、アンシーンアームズから情報を提供してもらった」

「兵庫《ひょうご》さんから？」

光宣《みのる》の問いに達也《たつや》が頷《うなず》く。

『アンシーンアームズ』は魔法師で構成されているイギリスのPMSC（民間軍事会社）で、達也《たつや》の執事を務めている花菱兵庫《はなびしひょうご》が以前所属していた。彼がPMSCに所属していたのは四葉家《よつばけ》の執事としてやっていく為《ため》の武者修行の一環だ。兵庫《ひょうご》は達也《たつや》の側付《そばづ》きとなる前にアンシーンアームズを円満退社しているが、今でも傭兵《ようへい》同士のネットワークを維持していた。

イギリスのPMSCであるアンシーンアームズは旧イギリス連邦で幅広く仕事をしており、IPUにおいても、主にインド派閥から今も度々《たびたび》依頼を受けている。その関係でこの民間軍事会社の傭兵《ようへい》は、旧インドの魔法師部隊と衝突することが多い大亜連合《だいあれんごう》の魔法師特殊部隊・八仙《はっせん》に関する情報を豊富に持っていた。

「八仙《はっせん》に関する具体的な情報は、日本の情報機関もUSNAの情報機関も保有していなかった。人的ネットワークで集められたPMSCが持つ情報は、国家機関が持つそれを量でも質でも上回ることがあるという実例だ」

そういう言い方で、達也《たつや》は情報源に関する問い掛けを肯定した。

「八仙《はっせん》には、それぞれ得意とする戦闘スタイルがあるそうだ。横笛を使って領域魔法を行使するのは、韓湘子《かんしょうし》のスタイルだ」

「攻略法は分かっているんですか？」

鳴り続ける笛の音に込められた魔法を、達也《たつや》は明らかに無効化している。光宣《みのる》は自分が使っている効率が悪い護法術とは違うそのノウハウを、達也《たつや》に訊《たず》ねた。

「この魔法の性質は基本的に、アンティナイトの妨害波と同じだ。想子波《サイオン》で『ゲート』に干渉している。魔法因子保有者《メイジアン》でなくても無意識領域の機能として魔法演算領域自体は持っているからな。

魔法感受性の弱さは魔法抵抗力の弱さで相殺される」

『ゲート』は意識と無意識の境界に存在する、魔法演算領域の内と外をつなぐ門《ゲート》のこと。魔法演算領域は元々、「世界」の「情報」を「意識」が認識可能な形に加工する「無意識」の機能だ。それが「世界」の「情報」に対して能動的に干渉するレベルにまで活性化したものを、魔法学では『魔法演算領域』と呼んでいる。

「情報」を取り込む機能が存在する以上、その入り口となる『ゲート』も事象干渉力の有無に関係無く存在する。

「魔法師《メイジスト》の場合は逆に、魔法抵抗力の強さが魔法感受性の強さによって相殺《そうさい》されるというわけですか。だからあの魔法は魔法力の有無に拘《かか》わらず作用する、と」

「そうだ。故に対処法は、アンティナイトの妨害波に対するものと同じ。俺は想子波《サイオン》の構造を分解しているが、光宣《みのる》ならば余分な想子波《サイオン》をフィルタリングできるはずだ」

「なる程。……できました」

光宣《みのる》が苦い笑いを浮かべたのは「こんなに簡単なことだったのか」と、先日苦戦した自分に情けなさを覚えたからだった。

「ところで達也《たつや》さん。どうやら、気付かれたようですよ」

光宣《みのる》は今も［仮装行列《パレード》］で姿を変えている。この魔法は自分に向けられている視線を媒体にして発動するものだ。故に［仮装行列《パレード》］発動中は、他者の視線に敏感になる。敵に発見されたことに光宣《みのる》が達也《たつや》よりも早く気付いたのは、その為《ため》だったに違いない。

「……迂闊《うかつ》だった。あの笛の音は、ソナーの役目も果たしているようだ」

韓湘子《かんしょうし》は達也《たつや》が［分解］を使って自分の魔法を無効化したことに気付いたのだろう。——達也《たつや》はすぐに、その推理に至った。

「こちらが魔法師《メイジスト》だと、おそらく気付かれてしまっている」

「攻撃しますか？」

光宣《みのる》が然程《さほど》緊張した様子も無く達也《たつや》に訊《たず》ねる。ただ、全くの平静でもなかった。隠しきれない気負いは、先日の雪辱を念じているのだろうか。

「ああ。——いや、待て」

先制に一度は同意した達也《たつや》だったが、その直後、彼は光宣《みのる》を制止した。

その理由は光宣《みのる》にも即座に分かった。

大亜連合《だいあれんごう》の魔法師に横合いから突如、熱風が襲い掛かった。

真夏とはいえラサは標高が高く、そこまで暑くならない。日本人の感覚で言えば避暑地のような気候だ。しかも今は夜中。肌を焼くような熱風は、自然のものではあり得なかった。

大亜連合《だいあれんごう》の魔法師たちが倒れていく。

火に炙《あぶ》られたように、炎に巻かれたように身を捩《よじ》りながら。

しかし客観的な事実としては、炎は上がっていない。魔法師たちの衣服は焦げてもいないし煤《すす》も付いていない。火傷《やけど》するような高温の風も吹いていない。

「単なる幻術ではありませんね」

「ああ。実際にやつらは火傷《やけど》を負っている。振動系の加熱魔法でもない。現代魔法とは異なる原理の、結果を直接引き起こす古式魔法だ」

光宣《みのる》の指摘に、達也《たつや》は自分が「視《み》」た事実で応えた。

「原因を経ずに結果を引き起こす因果律からの逸脱。……神仙術ですね」

魔法はそもそも、本来はあり得ない事象＝結果を引き起こす技術だが、現代魔法は原因となる事象を偽造することによって結果を引き出す。「原因となる事象」の原因をスキップしているという点ではこれも因果の超越なのだが、神仙術と呼ばれる体系はさらにもう一段階進めて、求める結果を直接顕在化させる。

その効果は極めて強力だが、段階を省略している為《ため》にできることは限られている。例えば今の神仙術は「火傷《やけど》を負わせる」ことに特化している。つまり分子の振動を加速するというプロセスを経ずに、あるいは通常の幻術のように本人の精神が幻影の影響を再現するよう肉体に命じるというプロセスを用いずに、敵の肉体に火傷《やけど》——熱傷を生じさせる魔法だ。

魔法師は自分を情報強化で守っているから肉体に直接作用する魔法には掛かりにくい。

それを、特定の目的に限定することで魔法の効果を引き上げ、有効な攻撃手段としている。

この「熱風」は、目的を絞り込むことで魔法師の殺傷を可能としている魔法だった。

ただ当然ながらこのシステム上、高出力の情報強化を展開できる魔法師には通用しない。

八仙《はっせん》の韓湘子《かんしようし》にも、通用していなかった。

夜の空気を高らかに切り裂く笛の音。ただそれは、達也《たつや》と光宣《みのる》にとってはただの「音」だった。二人の所に魔法は届いていない。その演奏はこれまでとは毛色が違う、指向性を伴った魔法だった。

「どうします？」

相手を特定した反撃の魔法。今なら二人は、ターゲットを外れている。このまま衝突を回避し逃げることも可能だ。その認識に立った問い掛けだった。

「介入しよう」

その上で達也《たつや》は迷わず、戦闘への介入を決めた。

「分かりました」

光宣《みのる》の顔には不敵な笑みが浮かんでいる。彼も逃走は望んでいなかった。

いや、やはりこう言い直すべきだろう。光宣《みのる》は八仙《はっせん》への雪辱を望んでいた。

◇　◇　◇

IPUはチベット解放の下準備に従来から潜り込ませていた間諜《かんちょう》に加えて、一個小隊に相当する戦闘魔法師部隊を送り込んだ。

IPU連邦軍所属の魔法師士官の中で、国家公認戦略級魔法師であるバラット・チャンドラ・カーンに次ぐ精鋭と位置付けられている七人の戦闘魔法師『サプタ・リシ』からも二名を派遣している。IPUの本気度が窺《うかが》われる陣容と言えるだろう。

この日の夜、派遣されたサプタ・リシの一人、コードネーム『ミザール』は武装勢力に対する支援工作中に大亜連合軍《だいあれんごうぐん》に遭遇。そのまま戦闘に突入した。

当初はすぐに片を付けて秘密の拠点まで戻れると考えていたミザールだったが、大亜連合軍《だいあれんごうぐん》の増援として八仙《はっせん》の一人である韓湘子《ハンシャンツイー》が加わったことで状況が悪化した。

韓湘子《ハンシャンツイー》は集団戦に強みを持つ魔法師だ。それも敵の勢力圏内に侵攻する戦闘を得意とするタイプではなく、味方の勢力圏内で迎撃や追跡・掃討に力を発揮するタイプ。少人数で敵国に侵入している工作任務の際には、できれば避けたい相手だった。

ミザールと彼の部下及び協力者は韓湘子《ハンシャンツイー》が率いる大亜連合軍《だいあれんごうぐん》部隊に追われてラサ市の郊外からさらに南西へ撤退していた。無論ただ逃げるのではなく、反撃の為《ため》にあらかじめ手配しておいた罠《わな》に誘い込むつもりだった。ただその罠《わな》は八仙《はっせん》を想定したものではない。通用するかどうかは五分五分と、ミザールは考えていた。

だから突如追撃が止まったことに安堵《あんど》を覚えながらも、それ以上に疑惑を懐《いだ》いた。追撃部隊の動きは、まるで新たな敵がラサに迫っているかのようなものだ。

だが援軍が来るという話は聞いていない。また、自軍にそれだけの余力が無いこともミザールは知っていた。

ミザールは韓湘子《ハンシャンツイー》の罠《わな》を疑った。罠《わな》に掛けようとしていた自分が、逆に追い込まれたのではないかという疑念が彼の脳裏にこびりついた。

故に彼はこれを好機として拠点まで撤退するという選択肢を採れなかった。IPUの工作拠点に敵を案内するかもしれないという、その懸念《けねん》が消えない限り。

韓湘子《ハンシャンツイー》と彼が率いる部隊の注意が、ラサ市の南東に向いた。そこに何があるのか、誰がいるのかミザールは当然気になったが、それを解明する余裕は無かった。

今度こそチャンスだった。

ミザールは「乾き切った熱風」の幻術［カーラゴーダ］を発動した。

カーラゴーダとはヒンディー語で「黒い馬」の意味。ペルシャ神話の干魃《かんばつ》の悪魔アパオシャを象徴として使用する神仙術だ。良く知られていることだが、ペルシャ神話とヒンドゥー神話では神魔が逆転している。例えばヒンドゥー神話の英雄神インドラは、ペルシャ神話では背教の魂を象徴する悪魔だ。ペルシャ神話の主神アフラ・マズダーの「アフラ」とヒンドゥー神話の悪魔「アスラ」は語源を同じくする。

ミザールが使った［カーラゴーダ］はこの逆転解釈を意図的に行い、干魃《かんばつ》の悪魔の権能を神仙術に利用したものだった。

その効果は乾き切った熱風の幻影の下で皮膚や呼吸器を熱傷で損なうこと。特に気道熱傷の発生に成功すれば、呼吸困難で相手の戦闘力を奪い死にも至らしめることができる。

大亜連合軍《だいあれんごう》の隊列に大きな乱れが生じた。ミザール本人が期待した以上に［カーラゴーダ］は効果を発揮した。大亜連合軍《だいあれんごう》の注意が謎の第三者に逸《そ》れていたことが、計算外の功を奏したのだろう。

今やミザールの目にもはっきり見えていた。ラサ市の南東、市の入り口からの距離はミザールたちとほぼ同じ位置に、二つの人影が立っている。人影は旅行者の風体だったが、こんな時間、こんな場所に旅行者がウロウロしているはずはない。明らかに不審者だった。

戦果は期待以上だった。だがそれで決着したわけでもなかった。最初からあの魔法一つで殲《せん》滅《めつ》できると期待してはいなかったが、敵の反撃にはやはり、意識の片隅を過《よぎ》る失望を禁じ得なかった。

だが隊を率いるものとして、失望にかまけてはいられない。ミザールはこの集団の隊長ではないが、この場で彼らを率いているのはミザールだ。

「来るぞ、魔法防御！」

少なくとも今は、彼らを逃がす責任があった。

音を媒体にした魔法の兆候をキャッチしたミザールは想子波《サイオン》の伝達を阻害するシールドを展開すると同時に、指揮下にある全員に対して個別に対抗魔法を発動するよう命じた。

韓湘子《ハンシャンツィー》の魔法は広い代わりに薄い。厄介なのは攻撃力ではなく探知機能を併せ持っている点だ。ダメージはミザールのシールドで実害の無いところまで緩和できるはずだった。

だが次の瞬間から聞こえた演奏は、今までのものとは違っていた。大きく広がった笛の音がミザールたちの所へ集まってきた。音圧が高まり、繊細ですらあった演奏が音の暴力と化した。

――ただしこれは錯覚だ。集音の魔法は存在するが、今ミザールたちに襲い掛かっているのは音波ではない。音楽に乗せて広げていた魔法を一箇所に集中しているのだ。

ミザールにとって、これは完全な不意打ちとなった。韓湘子《ハンシャンツィー》にこんな手札があるということを知らなかった彼は、出力が上がった麻痺《まひ》の魔法をまともに喰《く》らってしまう。

情報を上書きするのではなく情報体を撹乱《かくらん》してダメージを与えるタイプの魔法だった為《ため》、防御もゼロか百か、成功か失敗かの二択ではなくシールドで緩和することはできた。だがそれでも小さくない麻痺《まひ》ダメージを喰《く》らっていた。

戦闘集団として見ればミザールの［カーラゴーダ］と韓湘子《ハンシャンツィー》の今の魔法は痛み分け。だがミザールは韓湘子《ハンシャンツィー》を足止めできなかったのに対してミザールは麻痺《まひ》ダメージを受けている。

魔法師同士の戦闘としてみれば、今のところミザールは韓湘子《ハンシヤンツイー》にポイントで大きなリードを許した格好だ。

ただミザールが受けたダメージは軽度の、肉体的な麻痺《まひ》だけで魔法技能は影響を受けていない。ミザールはリスクを承知で、この場で反撃する決意を固めた。

しかし、彼が魔法発動のプロセスに入ろうとしたその時。

強力な魔法攻撃が大亜連合《だいあれんごう》部隊を襲った。

◇◇◇

「分かっていると思うが、致命的なダメージは与えるなよ」

これからポタラ宮に侵入することを考えて、達也《たつや》は騒ぎを大きくしすぎないよう光宣《みのる》に注意した。

「心得ています」

光宣《みのる》は人の悪い笑みを浮かべて、大亜連合《だいあれんごう》軍の部隊を丸ごと包み込む大規模領域魔法を発動した。

空気中の水蒸気が凝結し、濃い霧が発生する。笛の音が霧を揺らし、霧が音楽を吸収する。

光宣《みのる》が生み出した霧は一粒一粒が微《かす》かな光を放っていた。

夜の闇の中でも、良く見なければ気が付かない程のわずかな煌《きら》めき。いや、夜だから分かるのであって、昼間だったらまず気付けないだろう。

その光は目から入り込んで副交感神経を刺激すると共に、精神干渉効果で五感と精神のリンクを阻害する。

古式魔法と現代魔法のハイブリッド魔法［迷霧］。旧第九研で開発された、敵部隊を注意力の面から弱体化させる魔法だ。

この魔法の本来の用途は敵の注意力を殺《そ》ぎ、味方を見失わせ道を見失わせ伏兵の罠《わな》に引きずり込むというもの。だが光宣《みのる》の強大な魔法力で行使された［迷霧］には、相手の意識を朦朧《もうろう》とさせ敵部隊を丸ごと夢現《ゆめうつつ》の世界に迷い込ませる効果があった。

また古式魔法の幻術と違って濃い霧という実体現象も伴うから、音や光を遮る効果もある。

前回ラサに潜入した際、韓湘子《かんしょうし》の魔笛に苦戦を強いられた光宣《みのる》は、雪辱を期して普段は使わないこの魔法の起動式をＣＡＤに追加していたのだった。

韓湘子《かんしょうし》の魔法を狙い撃ちした光宣《みのる》の［迷霧］は、一撃で大亜連合《だいあれんごう》軍部隊から戦闘力を奪った。

◇◇◇

笛の音が力を失ったことに、ミザールはすぐ気が付いた。軍人としても一流のミザールは、この好機を逃さなかった。

発動する魔法は単純な放出系・電撃魔法。敢《あ》えて象徴的な効果は持たせない。現在大亜連合《だいあれんごう》軍を攻撃している正体不明の助力者の、正体が良く分からない魔法を妨げない為《ため》だ。

サプタ・リシの七人は古式魔法寄りの戦闘魔法師だが、現代魔法も高いレベルで修めている。またミザールは「カーラゴーダ」のような広い範囲に作用する魔法を得意とする魔法師だ。単純な放出系魔法で霧の中に電撃を流す程度、彼にとって造作も無い。

彼は一瞬で魔法式を構築し、霧の中に電撃を放った。

電光が躍り、火花が散った。

そして、霧が晴れる。

ラサ市を背に陣取っていた韓湘子《ハンシャンツィー》の率いる部隊は全員が地面に倒れていた。八仙《はっせん》・韓湘《ハンシャン》子《ツィー》もその例外ではなかった。

しばらくその様子を観察していたミザールは、新たな魔法発動の兆候や想子《サイオン》の活性化が見られないのを確かめて、正体不明の助力者へ目を向けた。

その視線を感じ取ったのか、二人の、おそらく若い男性もミザールへ目を向けている。
そこに敵意が無いのを読み取って、ミザールは仲間に撤退を指示した。

◇◇◇

達也《たつや》にとっては思い掛けない道草だったが、結果的にラサへの侵入は楽になった。駐留する大亜連合軍《だいあれんごう》は韓湘子《かんしょうし》及びその指揮下にあった部隊の救護と、彼らにダメージを与え逃走したIPU工作員の追跡に動員されて、市内に残った人員は最小限にすら満たなかった。手薄になった警備をかいくぐって、普通ならば考えられないほど容易に、達也《たつや》と光宣《みのる》はポタラ宮への侵入を果たした。

ポタラ宮はチベットの政治の中心地である白宮《はくきゅう》と宗教の中心地である紅宮《こうきゅう》の二つから成っている。達也《たつや》たちの目的地は紅宮《こうきゅう》の方だ。

既に観光客の姿は無かった。今の時間を考えると当然のことだが、もしかしたらIPU工作員との衝突が発生した時点で今日は閉鎖していたのかもしれない。潮騒《しおさい》のように聞こえてくる低い声は僧侶の読経《どきょう》だろうか。

二人は列柱が立ち並ぶ広間を、大胆にも身を隠さずに進んでいる。大亜連合《だいあれんごう》がチベットを実質的に支配しているのを考えれば、ここは敵地の真っ直中の重要な建物の中だ。当然、警備装置が隈無《くまな》く仕掛けられているだろう。達也《たつや》も光宣《みのる》も、警戒しすぎても無意味だと考えているのかもしれない。

彼らを待っていたものは、達也《たつや》も予想できなかった展開だった。

「お待ちしておりました」

地下への侵入経路を求めて紅宮《こうきゅう》の最下層まで下りてきた二人を、赤い袈裟《けさ》を着た一人のラマ——チベット仏教の高僧が待っていた。

「……我々の侵入を予想されていたのですか？」

達也《たつや》が年老いたラマに訊《たず》ねる。彼の問い掛けが日本語で行われたのは、老僧から最初に話し掛けられた言葉が流暢《りゅうちょう》な日本語だったからだ。

——シャンバラの関係者は語学が達者なようだ。

質問しながら、達也《たつや》はそう思った。もっとも現時点では、このラマがシャンバラの関係者と決まったわけではないのだが。

「ブハラの守人《もりびと》から伝言を受け取りました。シヴァの幻力《マーヤー》を持つ御方が鍵を手にしてこの地を訪れると」

チベット仏教はヒンドゥー教の主神を信仰していただろうか？　と達也《たつや》は疑問を覚えたが、その点について問うことはしなかった。「シヴァの幻力《マーヤー》を持つ御方」については、もう気にしないことにした。

「シャンバラの関係者は今も連絡を取り合っているのですか？」

「ブハラの守人《もりびと》」という言葉が出た時点で、このラマがシャンバラの関係者だと明らかになった。ポタラ宮の地下に遺跡が眠っているのは分かっているから、ここにシャンバラの関係者がいるのは意外ではないし、達也《たつや》が気になったのもそこではない。

ブハラの遺跡で得た知識に依《よ》れば、シャンバラが地上から姿を消したのは一万年以上前。シャンバラの遺産を守っている者たちが連絡を取り合っているのであれば一万年以上もの長きにわたって、持続的にであれ断続的にであれ、ネットワークを保っていることになる。

そのネットワークはどれ位の広がりを持っているのだろうか。ブハラの「守人《もりびと》」はシャスタ山の遺物について知らなかったようだが、他の地域はどうなのだろうか。

「連絡を取り合っているという表現には語弊がありますな。少なくとも拙僧は——ああ、この表現は合っていますか？」

唐突な質問に適当な返しを思い浮かばず、達也《たつや》は無言で頷《うなず》いた。

「拙僧は此度《こたび》までブハラの『守人《もりびと》』のことを存じませんでした。彼らの伝言は瞑想《めいそう》を通じて受け取ったのです」

「夢……テレパシーですか」

「そうですな。伝心通の一種と申せましょう。あれは明確に、使命を共有する者への呼び掛けでした。御蔭様《おかげさま》で拙僧の務めは、孤独なものではなかったと知ることができました。そして実際にこうして貴男《あなた》を、シヴァの幻力《マーヤー》を持つ御方をお迎えすることができて、あれが自分の妄想ではないと確かめることができました。正直に申しまして、ホッとしております」

「あの、お話の腰を折るようで恐縮なのですが」

その言葉どおり心苦しそうな口調で、光宣《みのる》が急に口を挿《はさ》んだ。

「その『シヴァの幻力《マーヤー》』とは何なのでしょうか？　先程から、どうしても気になってしまいまして」

光宣《みのる》だけでなく、達也《たつや》も実は気になっていた。だから二人は、揃《そろ》ってラマの答えを待った。

「貴男方《あなた》には納得し難《がた》いことだと思いますが、全ての事物事象には実体がありません。この世は全て観測し観測されることで存在しています」

「唯識論的な考え方ですね」

達也《たつや》のセリフに、老僧は曖昧な笑みを返した。

「その識《ヴィイジユニヤーナ》にすら実体は無いと拙僧らは考えております。極端に言えば、全ては幻なのです。その幻に仮初めの実体を与え、仮初めの事物を幻に還《かえ》す。その力を幻力《マーヤー》と呼びます」

「全てを幻に還《かえ》す力。……ああ、なる程」

光宣《みのる》が納得の声を上げる。

一方の達也《たつや》は「納得できない」「納得し難《がた》い」というより「納得したくない」という顔をし

ていた。

「お分かりいただいたようですね。幻を実体に変える力がブラフマーの幻力《マーヤー》、実体を幻に還《かえ》す力がシヴァの幻力《マーヤー》」

「物質を分解するこの人の力は、まさに貴男方《あなた》が言う『シヴァの幻力《マーヤー》』というわけですね」

「余談はそれくらいにしておきましょう」

頷《うなず》き合うラマと光宣《みのる》を、達也《たつや》が感情のこもっていない声でたしなめた。

「おおっ、そうですな。この世では時間が無限にあるわけではありません」

老僧の応えは、態《わざ》とらしくはなかった。

「こちらへどうぞ」

ラマが手振りで、自分の背後に道を示した。そして、二人に背を向けて歩き始める。

達也《たつや》と光宣《みのる》は目で頷《うなず》き合い、老僧の背中に続いた。

老僧が解錠した扉の向こうには古びた石の階段があった。作られてからどれ位の年月が経《た》っているか推測できない。それ程までに歴史を感じさせる石段だった。

だがその古さに反して、傷《いた》んでいるような印象は全く無い。靴底から伝わってくる感触もラマが立てる足音も危うさをまるで感じさせない。――なお達也《たつや》と光宣《みのる》は、まるで猫のように足音を立てなかった。

壁に照明は無い。老僧が手に提げるカンテラ型の携帯電灯が唯一の光源だった。その石段を何処《どこ》までも下りていく。石の階段は十一段ごとに踊り場があり折り返しながら地下深くへ潜っていく。終点に着くまで、階段は九十五回折り返した。

千段を超える石段の終点に、扉は無かった。そこには小さな石室があった。

部屋の中には何も無い。祭壇も無ければ、積み上げられた書物や石板も無い。壁に絵が描かれているわけでも文字が彫り込まれているわけでもなかった。

「ここに貴男《あなた》がお求めの物があるはずです」

年老いたラマは足を止めて、達也《たつや》にそう告げた。

「ここにシャンバラの遺跡が？」

光宣《みのる》が老僧に問う。彼の「眼《め》」にも、ここは単に古いだけの、空の石室にしか見えなかった。

「残念ですが拙僧は目にしたことがありません。入り方が分かりませんし、資格が与えられておりませんので貴男方《あなたがた》に連れて行っていただくこともできません」

ラマはそう言って、達也《たつや》たちに向けて頭を下げた。日本人の習慣に従ったお辞儀だ。

「上の扉は、鍵が無くても内側から開けられます」

そう言ってラマは、二人に背を向け階段を上って行った。

老僧が離れるのに合わせて光が遠ざかり、やがて闇が訪れる。達也《たつや》が上腕部に固定したライトを点《つ》けようとしなかったので、光宣《みのる》もそれにならった。

別にそれでも、不自由は無い。二人は暗闇でも「視《み》」える視力の持ち主だ。

「達也《たつや》さん、分かりますか？」

ラマの前では「この人」などと言っていた光宣《みのる》だが、既に警戒を解いていた。［仮装行列《パレード》］も解除している。ちなみに達也《たつや》の方も［アイドネウス］を停止していた。

「遺跡は魔法的な知覚から遮断されているようだ。機械的なセンサーに対する防備は無いようだが、上空からの探査はポタラ宮自体が防いでいるのだろう」

「では、ここで間違いないんですね！」

光宣《みのる》が目を輝かせた。――無論比喩だ。暗闇の中で瞳を光らせたりはしていない。

「これで開けられるはずだ」

そう応えた達也《たつや》の右手には、例の「杖《つえ》」が握られていた。

ブハラの遺跡から持ち出した、杖頭《じょうとう》に如意宝珠《にょいほうじゅ》を付けた杖《つえ》。

その宝珠を、達也《たつや》は階段とは反対側の壁に向けた。

その状態で達也《たつや》が杖《つえ》に想子《サイオン》を込める。

暗闇の中で、宝珠が肉眼でも視認できる光を放ち始めた。

石室全体を照らすような強い輝きではない。闇にボウッと浮かび上がる光。

達也《たつや》はその宝珠で、そっと壁を突いた。

突如として、部屋が揺れた。

地震ではない。交通量の多い道路脇の建物や古い昇降機を使っているビル、あるいは建築費をケチっている集合住宅などでは日常的に発生するような、そういう生活では意識することも無いような微《かす》かな振動だ。だが完全な暗闇と静寂の中では、異常な揺れに感じられた。

軋《きし》みながら、壁が動き始める。石壁は切り出した石を積み上げた外見をしていたが、その積み重なった石と石の境目で壁が左右に割れていく。

達也《たつや》がライトを点《つ》けた。

壁の向こう側は、今いる石室よりも広い空洞になっていた。

形は低い円筒形で、直径十メートル前後、高さ二メートル強。壁と天井は石で補強しているが、床は土がむき出しだ。

その中央に八角錐《かくすい》――八角形のピラミッドのよ、う、な、物が置かれている。「ような物」というのは、八角錐《かくすい》が骨組みだけだからだ。斜辺は細い石柱か金属柱のような物でできている。そして、側面が無い。斜辺だけで八角錐《かくすい》の形が形成されていた。

骨組みだけの八角錐《かくすい》には、約八メートルの横幅があった。

「見ろ。中に階段がある」

達也《たつや》の言葉に、光宣《みのる》も自分のライトを点《つ》ける。八角錐《かくすい》の底面は土の床よりもやや下に潜っており、その床には下りていく細い階段があった。

光宣《みのる》と達也《たつや》は頷《うなず》き合って、その階段へ向かった。

八角形のピラミッドは、塞がれていない屋根だった。地下にあるからそもそも屋根は必要ないのだが、そうするとこの塔は最初から地下に埋める前提で造られたのだろうか。

一人ずつ、辛《かろ》うじて通れる幅の螺旋《らせん》階段を達也《たつや》が先に立って下りていく。塔はフロアに区切られておらず、足場は石の壁から伸びるこの階段だけだった。

塔の深さは三十メートル程だった。最下層の床にたどり着き、二人は中心を貫く柱にライトを近付けた。

柱は同じ太さの三本の円柱を結束した形で立てられていた。このシャンバラ遺跡探索でお馴《な》染《じ》みになった平和のバナーと同じ配置だ。いや、伊勢《いせ》神宮《じんぐう》や出雲大社《いずもたいしゃ》の『心御柱《しんのみはしら》』と同じ建て方だった、と表現した方が適切かもしれない。

二人はその柱に、どちらからともなく手で触れた。

「鉄……でしょうか」

「鉄、だろうな」

光宣《みのる》が自信無げに言い、達也《たつや》は曖昧に応えた。

二人は金属の専門家ではないから、見た目と手触りだけで材質を言い当てるなどという芸当はできない。どんな副作用があるか分からないから魔法的な分析も控えている。「鉄」というのは単なる印象だ。

ただ、このケースでは間違っていなかった。「柱」は確かに鉄でできていた。

「しかし、錆《さび》が見当たりませんが。僕たちが呼吸できていますから酸素は十分な量がありますし、地下水の影響なのか乾燥しきっているという感じでもありません。鉄ならば錆《さ》びるのが普通では？」

「デリーの実物を見たことはまだないが『チャンドラバルマンの柱』と同じ材質を使っているのではないか？」

『チャンドラバルマンの柱』とはデリー市の郊外にある有名な「錆《さ》びない鉄柱」のことだ。製造は五世紀初頭と伝えられている。

「――だが、重要なのはこの『柱』の材質ではなく、この中に保存されている記録だ」

達也《たつや》は興味が勝っていた顔を引き締めて柱に向き直った。

「すみません、そうでした」

自分の一言が脱線の切っ掛けになったことを、光宣《みのる》が謝罪する。

「気にするな」

素っ気なくそう言って、達也《たつや》は背嚢《はいのう》を下ろした。

「――酸素の心配をしなくて済むのはありがたい」

彼は塔内の空気に「眼《め》」を向け、成分に問題がないことを確認する。

「まずは俺がやってみせる。どれ位の時間が掛かるか分からないが、二十四時間を目処《めど》にしよう」

みせる、と達也《たつや》が言ったのは読み取りを二人で交互に行う計画だからだ。

「予定どおりですね。分かりました」

「途中で代われるようなら、一時間を目処《めど》に交代しよう」

「了解です」

達也《たつや》が想子《サイオン》を満たした杖《つえ》の宝珠で柱に触れる。

その直後、一瞬で、彼の顔から表情が全て抜け落ちた。

【8】チベット脱出

チベットの政治と宗教の中心地、ラサのポタラ宮地下深く。そこにはシャンバラの遺跡である「塔」が埋まっていた。幾つかの偶然にも助けられて、ポタラ宮に首尾良く侵入を果たした達也《たつや》と光宣《みのる》は、遺跡の管理人であるラマに案内されて昨晩「塔」にたどり着いた。

それから丸々一昼夜。達也《たつや》と光宣《みのる》は交代で「杖《つえ》」を使いながら、塔の中心を貫く「柱」に保存された記録を読み取った。

分担して作業したのではない。当初は達也《たつや》もそのつもりだったのだが、「柱」に対する最初のアクセスでそこにある情報の予想を超える重要性に気付いて、相互バックアップの意味合いで各々《おのおの》が全ての情報を閲覧することにしたのである。

それに伴い交代を三時間ごとに変更し、仮眠を取りながら——光宣《みのる》は眠りを必要としないのだが、精神を休めた方が効率が良かった——二人は「柱」の情報を全て閲覧し終えたのだった。

「光宣《みのる》、大丈夫か？」

作業を終えて深刻な表情で俯《うつむ》いている光宣《みのる》を達也《たつや》が気遣う。ただそれは、体調を案じる言葉ではなかった。光宣《みのる》の精神的なショックを心配してのものだった。

石塔の「柱」には、シャンバラの遺跡の位置とそこに保管されている遺産の目録が記されていた。

その目録の中には、リスクを冒して情報生命体を寄生させる以外の方法で人間をパラサイトに変える魔法と、パラサイトを人間に戻す魔法が存在していた。

　シャンバラ文明がパラサイトを生み出したのか、それともシャンバラ文明はパラサイトに対処する為《ため》の魔法を作り上げたのか、今はまだ分からない。だが光宣《みのる》にとって無視したくても無視できない情報であることは確かめるまでもなかった。その魔法を真っ先に回収したいという願望が彼の心に生じているのは、訊《き》くまでもなかった。

　だが目録の中には、もっと優先しなければならない、可及的速やかに封印しなければならない危険な魔法があった。

　残念ながらシャンバラ文明は争いのない理想郷ではなかった。その存在を伝えてきた様々な文献や伝承の中で語られているとおり、来たるべき最終戦争に向けて大量破壊兵器を蓄えていた。――大量破壊、大量殺戮《さつりく》の為《ため》の魔法を。そんなものを今の世界に解き放つわけにはいかなかった。

「――大丈夫です。優先順位は理解しています」

　俯《うつむ》いていた顔を上げて、光宣《みのる》は気丈な表情でそう応えた。

　葛藤に苦しんでいるのは明らかだ。しかし光宣《みのる》は、水波《みなみ》が生きるこの世界に対する責任を放棄できなかった。――達也《たつや》が深雪《みゆき》に対する責任を片時も忘れずにいるように。

「行きましょう、達也《たつや》さん」

光宣《みのる》は先に、床に置いておいた背嚢《はいのう》を背負った。

「そうだな」

達也《たつや》も背嚢《はいのう》を背負う。

光宣《みのる》は先に立って、螺旋《らせん》階段を上り始めた。

◇◇◇

塔の階段を上り、地下室の長い階段を上って、二人はポタラ宮に戻ってきた。

地下空間へ通じる扉は老僧が言ったとおり、内側から簡単に開いた。こんなことで秘密を守れるのかと不安になる程の呆気無《あっけな》さだった。

重厚な木の扉の先には、その老僧が立っていた。言うまでもないが、地底の石塔から戻ってくる時間を達也《たつや》たちは伝えていない。

遺跡の管理人であるこのラマは、地下の様子を知る手段を持っているのだろうか。

それとも達也《たつや》たちが上がってくるのを、ずっと待っていたのだろうか。

「遺産は受け取られましたか？」

老僧の声が微《かす》かに震えているのは、錯覚ではなかった。この老人は自分と祖先が長い年月にわたり守り続けてきた務めが、無意味ではなかったという確信を欲《ほっ》していた。

「非常に有意義な知識を得ることができました。ご協力に感謝します」

「おおっ……。ありがとうございます。そのお言葉で、拙僧だけでなく代々の管理人全員が報われました」

老僧が合掌しながら深々と頭を下げる。

何となく居たたまれない気分になった達也《たつや》たちは「ありがとうございました」「失礼します」と声を掛けて、そそくさとその場を立ち去った。

◇◇◇

外は今日も晴れていた。空には星が瞬《またた》いている。満天の星が昨夜よりも鮮明に見えるのは、街の灯火が疎《まば》らで夜空を照らすほどの勢いが無いからだろう。

今は、達也《たつや》たちがラサ市街に侵入した昨晩と時間的にはそれほど違わない。だが営業を終えている店舗は明らかに多いし、通行人は街の外で戦闘が行われていた昨夜と比べても随分少なく見える。

「……戦闘が激化しているのでしょうか？」

ポタラ宮がある丘の上から麓へ続く階段の途中で立ち止まって街を見下ろしながら、光宣《みのる》が達也《たつや》に小声で話し掛ける。

「外出禁止令が出ているような感じではないが」

外出禁止令が出ているならば、通りはもっと徹底的に無人化するはずだ。

「焦臭《きなくさ》い匂いを嗅ぎ取って自主的に外出を控えているのかもしれませんね」

「なる程、ありそうなことだ」

光宣《みのる》の推測に達也《たつや》は納得顔で頷《うなず》いた。

市街地とポタラ宮を結ぶ階段は、当然だが大亜連合《だいあれんごう》の兵士に見張られていた。だが達也《たつや》たちは身を潜めることもなくその前を通り過ぎて街に下りた。戦闘が激化しているという光宣《みのる》の推測は当たっていたのだろう。彼の［鬼門遁甲《きもんとんこう》］を破れる魔法師は警備に配置されていなかった。だが素通りできたのは、市街地を出るまでの間だった。

街の外に出た二人は早速、道路脇の窪地《くぼち》に身を潜めた。自然にできた凹《くぼ》みには見えなかった。簡易的な一種の塹壕《ざんごう》か、あるいは本格的な塹壕《ざんごう》を作り掛けで放置した物かもしれない。

市の外では戦闘が本格化していた。と言っても、軍勢同士の正面衝突ではない。大亜連合《だいあれんごう》軍が大人数を投入して広範囲でゲリラの掃討作戦を展開していた。

達也《たつや》たちにとって不都合なことに、かなりの人数がステルスダイバーを隠した丘とその周辺を捜索していた。丘の横には前《さき》の大戦時に放棄された廃屋が点在している。捜索のターゲットになっているのはそれらの廃屋だと思われるが、だからといって敵兵が周りを行き来している状況で秘密兵器を掘り出して乗り込むのは不可能だ。

彼らが移動するのを待つか、あるいは騒ぎを起こして別の場所へ目を向けさせるか。大亜連《だいあれん》合《ごう》の兵士の動きを観察しながら考えていた達也《たつや》の隣で、光宣《みのる》が突然「あれは……！」と小さく漏らした。

「見覚えのある顔でも見付けたか？」

達也《たつや》が目を向けずに訊《たず》ねる。いや、それは質問ではなく確認の為《ため》の言葉だった。

「はい。鉄扇の術者……八仙《はっせん》の一人だと思います」

「扇を使う八仙《はっせん》。鍾離権《しょうりけん》か」

光宣《みのる》の答えを聞いて、達也《たつや》はすぐに該当のデータを記憶から引き出した。

「そいつは自他を問わず、生者と死者を問わず、肉体を操る魔法を得意としているそうだ」

「自他の肉体を操る、ですか」

「強力そうに聞こえるが、例の対抗魔法さえ破れば光宣《みのる》の敵じゃない」

達也《たつや》が「例の対抗魔法」と言っているのは、前回のラサで鍾離権《しょうりけん》が光宣《みのる》の魔法を無効化し、日本で呂洞賓《りょどうひん》が達也《たつや》の魔法を一度は無効化して見せた対抗魔法のことだ。自分の身体《からだ》に沿って高密度で無秩序な想子《サイオン》層を形成する。そして、接触した想子《サイオン》情報体——魔法式をその層で薄め、溶かし、溶かしてしまう対抗魔法。

確かに直接魔法で攻撃できないのは厄介だが、それさえなければ大して手強《てごわ》い相手ではない。

——それが大亜連合《だいあれんごう》魔法師工作部隊・八仙《はっせん》に対する達也《たつや》の評価だった。

「倒したいか？」

達也《たつや》の質問は前回の雪辱を望むか、という意味だ。だが彼の口調は訊《たず》ねるというより唆《そそのか》すようなものだった。

「良いんですか？」

光宣《みのる》の反応も前のめりなものだった。達也《たつや》が首を横に振っても飛び出していきそうな雰囲気があった。

「良いぞ。このままでは埒《らち》があかない」

達也《たつや》の答えに光宣《みのる》は［仮装行列《パレード》］を解いてニッコリ笑った。

そして次の瞬間、彼の姿はかき消えた。

◇◇◇

ラサ市の外で大亜《だいあ》連合《れんごう》の部隊に追われていたのは昨晩、IPUの魔法師工作員ミザールに率いられていた工作員とゲリラの混成集団ではなかった。

チベットに潜入していたサプタ・リシの別のメンバー、コードネーム『メグレズ』が率いる傭兵《ようへい》部隊だった。

メグレズが率いる傭兵《ようへい》部隊は少人数のグルカ兵傭兵《ようへい》部隊に難民化したチベット人を加えた集

団だ。前《さき》の大戦の最中、東亜大陸国家南北分裂時にいったんは独立したチベットだが、大亜連《だいあれん》合《ごう》の成立後、属国として再び東の大国家に従属することとなってしまった。その際に亡命したチベット人の一部が傭兵《ようへい》となって祖国の完全独立を目指しているのだった。

ネパール山岳民族を母体とするグルカ兵は十九世紀から精強を以《もっ》て世界的に知られている。実はサプタ・リシ紅一点のメグレズもネパール人だ。

彼女の本名はシーラ・ラナ。十九世紀後半から二十世紀前半に掛けて、ネパール王国の実権を握っていたラナ家の一族だ。その血筋もあって、彼女はIPU連邦軍に加わったグルカ兵からリーダーとして仰がれている。――なお傭兵《ようへい》としての自由な立場を維持しているグルカ兵も多い。

彼女自身の魔法力だけでなく、グルカ兵に対する影響力もシーラ・ラナ――メグレズがこのミッションに投入された理由だろう。

メグレズが配下の傭兵《ようへい》を連れてラサの偵察に来たのは、昨晩韓湘子《ハンシヤンツイー》がミザールに倒されたと聞いたからだ。八仙《はっせん》はその名のとおり八人しかいない。如何《いか》に兵数を誇る大亜連合《だいあれんごう》といえども、八仙《はっせん》レベルの魔法師はそう多くない。

IPUに寝返った大亜連合《だいあれんごう》駐留部隊員の報告では、韓湘子《ハンシヤンツイー》は最低でも一週間は復帰できない状態のようだ。またこれは未確定情報だが、八仙《はっせん》の一人・呂洞賓《ルウドンビン》は日本に潜入してあの四葉の魔法師に殺されたらしい。

国境地帯にも駐留部隊を張り付かせている大亜連合《だいあれんごう》軍の、ラサにおける陣容が薄くなったと判断しても、楽観的すぎるということはないだろう。それを確かめる為《ため》の偵察だった。

しかし予想に反して——期待に反してと言うべきかもしれない——大亜連合《だいあれんごう》軍はすぐに戦力を補充した。いや、むしろ増強した。まるでメグレズの動きを読んでいたような用兵だ。

自分が率いる傭兵集団の中にスパイが紛れ込んでいる可能性を、メグレズは短時間だが疑った。だがすぐに、この急すぎる兵力の配置転換の裏には大亜連合《だいあれんごう》の焦《あせ》りがあると考え直した。

八仙《はっせん》は中央アジア方面における大亜連合《だいあれんごう》の切り札的な存在だ。大亜連合《だいあれんごう》には八仙《はっせん》以外にも戦術級魔法師が数十人存在する。中には戦略級魔法に手が届きそうな魔法師もいるらしい。だがそうした強力な打撃力を持つ魔法師はもっぱら北や東に配置されている。おそらく大亜連合《だいあれんごう》は、新ソ連や日本と衝突する場合は大規模戦闘を、ＩＰＵとの衝突は局地戦を想定しているのだと思われる。

そうした戦略構想を持っているなら、八仙《はっせん》の戦線離脱に動揺するのも仕方が無い。過剰反応は予想して然《しか》るべきだった。メグレズは現在、自分の見通しの甘さを噛《か》み締《し》めていた。

大亜連合《だいあれんごう》の捜索の環《わ》は確実に狭まっている。兵数はこちらの五倍以上。兵の練度はこちらが上回っている感触がある。だがそれでも、勝負にならない戦力差だ。

自分が陣頭に立っても、おそらく敵《かな》わないだろうとメグレズは考えていた。敵の指揮官は八《はっ》仙《せん》の一人、鍾離権《ツオンリークアン》だ。

集団戦闘における脅威度は、韓湘子《ハンシャンツィー》より下。

だが鍾離権《ツオンリークアン》の個人戦闘力は、確実に韓湘子《ハンシャンツィー》を上回る。

――ただ幸い自分の得意魔法は、戦域離脱に向いている。

いざとなれば自分が犠牲になっても、指揮下の兵士を逃がす。

メグレズは密《ひそ》かに覚悟を決めた。

だが表には出さず、余裕のある表情で、笑みすら浮かべて撤退を指揮している。

大亜連合軍《だいあれんごう》は廃村の空き家を重点的に捜索している。その間に少しでもラサから離れるべく、メグレズは傭兵《ようへい》集団を静かに移動させていた。

身を低くして、足音を忍ばせて。

もどかしくなる遅さだが、発見されないことを優先する状況だ。

メグレズは自分にそう言い聞かせ、指揮下の傭兵《ようへい》にもそう徹底していた。

この辺りは細かな起伏が連なった丘になっている。所々抉《えぐ》れたように窪《くぼ》んでいるのは、前《さき》の大戦の砲撃跡。彼女たちは今その類の、谷と言うより窪地《くぼち》に続いている坂を滑らないように下りているところだ。

彼女たちの頭上をライトの光条が通り過ぎる。

丘の稜線《りょうせん》に遮られてこちらの姿は見えていないはずだ。

彼女は自分にそう言い聞かせて動揺を抑え込んだ。

念《ねん》の為《ため》、足を止めて部隊を先に進ませる。

メグレズは何時《いつ》でも魔法を発動できる態勢で、光源の方向を睨《にら》んだ。

そちらからいきなり、叫び声が上がった。

メグレズの鼓動が加速する。

だがすぐに、事態の悪化ではないと思い直した。

叫び声は、雄叫《おたけ》びではなかった。

それは、悲鳴だった。

間違いない。自分たちを追い掛けている大亜連合《だいあれんごう》の部隊が、何者かの襲撃を受けているのだ。

(ミザール？　いえ、彼はラサを離れると言っていた)

(だがそれでは、一体何者だ？)

メグレズは韓湘子《ハンシヤンツィー》が戦線を離脱した詳しい経緯を聞いていない。

ミザールが遭遇した、謎の助力者の存在を知らない。

彼女は事態を見極めるべく、その場に残った。

◇　◇　◇

[疑似瞬間移動]で大亜連合《だいあれんごう》部隊の側面に出現した光宣《みのる》は、タイムラグゼロで魔法を放った。

電撃の網が大亜連合《だいあれんごう》の兵士を捕らえる。

大きく広がる、細かく枝分かれした無数の細い電光。それは大亜連合《だいあれんごう》の兵士に、自軍の「使徒」が行使する広域電撃魔法を連想させた。

光宣《みのる》が発動した魔法は無論、大亜連合《だいあれんごう》の使徒——国家公認戦略級魔法師が使う［霹靂塔《へきれきとう》］ではない。基本的でポピュラーな現代魔法である［スパーク］を古式魔法のテクニックでアレンジしたものだ。

しかし戦略級魔法を直接目にした経験がある兵士はほとんどいない。これは日本や他の国でも言えるのだが、見られても今後の運用に支障が出ないレベルで映した一般向けの鮮明でない写真や映像を見る機会があるだけだ。大亜連合《だいあれんごう》軍の場合、それすらも機会を与えられるのは一部の兵士のみ。兵士だけでなく、士官にすら正確な情報が行き渡っているとは言えない。

そんな大亜連合《だいあれんごう》の兵士が広域電撃魔法を見て真っ先に連想するのは、曖昧な情報しか知らされていない、自国の使徒が使う戦略級魔法［霹靂塔《へきれきとう》］だ。大亜連合《だいあれんごう》の一般兵士にとって使徒の戦略級魔法は自軍の切り札という以上に、何時《いつ》自分たちの頭上に落ちてくるか分からない懲罰の雷《いかずち》。潜在的に、離反と粛清に怯《おび》え続けなければならない多民族征服国家の宿命だ。

その［霹靂塔《へきれきとう》］を連想させる広域電撃魔法が自分たちに放たれた事実は、大亜連合《だいあれんごう》の兵士をパニックに陥らせた。光宣《みのる》にとっては計算どおり。放出系は彼の得意魔法だが、それ以上に心理的な効果を狙ってこの魔法を放ったのだった。

（さあ、出てこい。鍾離権《しょうりけん》）

光宣《みのる》は心の中で呟《つぶや》きながら、もう一度広域電撃魔法を発動した。この魔法の殺傷力はそれほど高くない。一度に何十人も殺すほどの出力は無い。だが魔法抵抗力が低い兵士の行動力を奪うには十分な威力を持っていた。たった二発の魔法で百人を超える掃討部隊の四分の一が行動不能になった。彼らが捜索の為《ため》に分散していなかったら、戦果はもっと大きかったに違いない。

部隊の指揮官であれば、無視できぬ損害。厳密に言えば鍾離権《しょうりけん》は指揮官というわけではないが、指導的な地位にある者としてやはり無視はできないはずだった。

今の光宣《みのる》は影を纏《まと》っているだけで気配は隠していない。FAIR《フェア》の本部を襲撃した時の、幽鬼のような姿だった。顔を作り体格を変えるより、こちらの方が魔法力を消費しない。怪しいことこの上ない姿だが、今は目立っても構わない場面だ。

その気配を察知したのだろう。光宣《みのる》の前に、人影が降ってきた。小太り気味の、筋肉も脂肪も付いているレスラー体型の中年男性。

八仙《はっせん》の一人、鍾離権《しょうりけん》。

（来たな）

光宣《みのる》は影のヴェールの下で、ニヤリと笑った。

◇◇◇

「何だ、あれは……」

自分が見ている異様なものに、メグレズは思わず呟《つぶや》きを漏らしてしまう。

闇に紛れるそれは黒雲のような、身体《からだ》を得て蠢《うごめ》く影のような、人形《ひとがた》をした何か。墓地を彷徨《さまよ》う幽鬼の如《ごと》き不気味な姿。

影が腕を上げ、鍾離権《ツオンリークアン》の方へ伸ばした。その腕の先から分離した影が四本脚で立ち上がる。

その直後、放たれた矢のような速度で鍾離権《ツオンリークアン》に襲い掛かった。

「[影獣《えいじゆう》]？」

メグレズの口から再び呟《つぶや》きが漏れる。彼女は最早《もはや》、声を抑えようとしていない。

「魔法師、なのか……？」

鍾離権《ツオンリークアン》に襲い掛かった影の獣が何か、メグレズは知っていた。あれは大亜連合《だいあれんごう》の方術士が使う攻撃用の古式魔法だ。ではあの「影」は、大亜連合《だいあれんごう》の魔法師なのだろうか。大亜連合《だいあれんごう》の内紛——同士討ちを見ているのだろうか。

思い悩むメグレズの視線の先では、鍾離権《ツオンリークアン》が鉄扇を広げて[影獣《えいじゆう》]を受け止めていた。

鉄扇と[影獣《えいじゆう》]が押し合い、拮抗《きつこう》する。

しかしその拮抗《きっこう》は、数秒で崩れる。

[影獣《えいじゅう》]の輪郭が溶け、鉄扇に吸い込まれていった。

「[渾然一体《フンランイーティ》]……」

今度もメグレズは、何が起こったのか理解できた。

八仙《はっせん》が使う対抗魔法[渾然一体《フンランイーティ》]。濃密な想子《サイオン》の混沌《カオス》に魔法式を呑《の》み込み溶かしてしまう、魔法式の作用を妨げるのではなく魔法式を壊してしまうことで魔法を無効化する魔法。八仙《はっせん》を対魔法師個人戦闘で最強格たらしめているのが、この対抗魔法だった。

メグレズたちサプタ・リシが苦戦を強いられているのも、八仙《はっせん》に[渾然一体《フンランイーティ》]があるからだ。魔法の攻撃力ではサプタ・リシが八仙《はっせん》を上回っている。これは彼女の個人的な意見ではなくて、大亜連合《だいあれんごう》側も密《ひそ》かに認めていることだった。

[渾然一体《フンランイーティ》]はその性質上、術者個人しか守らない。だから八仙《はっせん》が率いる部隊を無力化することは、サプタ・リシにとって難しくない。しかし無傷で残った八仙《はっせん》に、最後は押し切られてしまう。あるいは、逃げられてしまう。このパターンが、サプタ・リシと八仙《はっせん》の間で繰り返されてきた。

[影獣《えいじゅう》]を消された「影」から、動揺の気配は伝わってこない。表情どころか体格すら分からないが、「影」は「想定どおり」という顔をしているとメグレズは感じた。

鍾離権《ツオンリークアン》が反撃に転じるより早く、「影」の手から蛇の形をした電光が飛び出した。自ら光を放つ「蛇」は火花を散らしながら空中を這《は》い進《すす》み、鍾離権《ツオンリークアン》に襲い掛かる。

鍾離権《ツオンリークアン》は再び扇を盾にして「蛇」を受け止めた。

次の瞬間、鍾離権《ツオンリークアン》は慌てて鉄扇を放り投げた。

その滑稽な仕草に、メグレズは噴き出すのではなく感嘆を漏らした。

古式魔法は、魔法に形を纏《まと》わせる。形が与えられている分、［渾然一体《フンランイーティ》］は魔法式を一瞬で溶かすことができず無効化にタイムラグを生じる。

あの「影」は最初の［影獣《えいじゅう》］でそれを確かめたのだ。魔法が無効化される過程で残ることを確認し、鍾離権《ツオンリークアン》の得物が鉄扇であることを見て取った上で［影獣《えいじゅう》］ならぬ［雷蛇《らいだ》］とでも言うべき電撃の古式魔法を放ったのだった。

対人魔法戦闘に慣れている。メグレズは「影」の魔法師に対してそう感じた。単に魔法戦闘の回数だけを重ねているのとは違う。恐ろしく高度な戦いの経験が「影」の背後に垣間見《かいまみ》える。

——彼女はそう感じた。

◇◇◇

（達也《たつや》さんが分析したとおりか）

光宣《みのる》は心の中で呟《つぶや》きながら、「影」のヴェールの下で無意識に頷《うなず》いていた。

同時に、空恐ろしさを覚えていた。

――八仙《はっせん》の対抗魔法は、固定された形を持つ魔法の無効化に時間を必要とする。

達也《たつや》は八仙《はっせん》・呂洞賓《りょどうひん》と一戦しただけで、光宣《みのる》が苦戦した対抗魔法の欠点を見抜いたのだ。

魔法の無効化が一瞬で完了しないなら、完了するまでの時間は有効にダメージが入る。達也《たつや》はそのように推測し、事実そのとおりだった。鉄扇は［影獣《えいじゅう》］の衝突にこそ耐えたが、蛇の形を与えた電撃は鉄でできた扇骨《せんこつ》を通って持ち主を感電させた。

ただ一瞬で鉄扇を手放したのは、この前のことを覚えていたからか。前回の対戦でも、光宣《みのる》は電撃魔法を放って鉄扇を持つ鍾離《しょうり》権《けん》の手に感電でダメージを与えた。あの時は動物の形を借りた古式魔法ではなく球電に成形した雷撃だったが、あれも意図せずに「固定された形を持つ魔法」になっていたようだ。

それはともかく、反射的に鉄扇で雷電の蛇を受け止めながら一瞬で手を放したのは、あの時のダメージを身体《からだ》が覚えていたからだろう。

鍾離《しょうり》権《けん》が新たな扇子を取り出した。

（へぇ……）

光宣《みのる》は心の中でクスッと笑った。

鍾離《しょうり》権《けん》の新たな扇は扇面《せんめん》まで竹で作られた竹扇子だった。

（一応、対策をしているんだ。もしかして相手が僕だと気付いたかな？）

竹は電気を通さない。また竹という素材は固く粘り強い。一枚一枚は薄く削られていても、重ねた状態ならば武器として十分な強度を持つ。

(……だけどそれは考えが浅いんじゃないか?)

(前回と違うのは、そちらだけじゃない!)

鍾《しょう》離《り》権《けん》が呪詛《じゅそ》を含む風の古式魔法［窮奇《きゅうき》］を発動した。

光宣《みのる》は防御の令牌《れいはい》を作動させる。地に投げた令牌《れいはい》から次々と影の鳥が飛び立ち鍾《しょう》離《り》権《けん》の風を逆に切り裂いていく。

影の鳥はフクロウのシルエットをしていた。鍾《しょう》離《り》権《けん》が使っている術式は、日本において妖怪の鎌鼬《かまいたち》が窮奇《きゅうき》と同一視されていたその概念が東亜大陸に逆輸入されて、呪詛《じゅそ》を乗せた風の魔法［窮奇《きゅうき》］となったものとされている。

フクロウはイタチの天敵。中国の大妖怪・窮奇《きゅうき》と鎌鼬《かまいたち》は本来全くの別物だが、光宣《みのる》は魔法の成り立ちから鎌鼬《かまいたち》＝窮奇《きゅうき》の概念を利用して［窮奇《きゅうき》］に対する防御手段を編み出したのだ。

令牌《れいはい》で鍾《しょう》離《り》権《けん》の魔法を自動迎撃している時間を使って、光宣《みのる》は呪符の束を消費して一つの古式魔法を発動する準備を終えた。

「——お越し召しませ八雷神《やくさいかづちのかみ》!」

言霊《ことだま》を最後の発動キーにして、光宣《みのる》の偽神《ぎしん》魔法が発動する。

それは神を偽る高等魔法。日本では古式魔法の中で、最も難易度が高い種類の術式とされている。神という高度な象徴によって、世界の強固な「情報維持力」を突破し現実を強力に書き換える魔法。

威力は強大だが、発動にはそれだけ高い魔法力を要求する。また、ただでさえスピードに劣る古式魔法の基準で考えても、準備に長い時間が掛かる。以上二つの問題点から、実戦では役に立たないと見做《みな》されている魔法だ。

それを光宣《みのる》は、パラサイト化してさらに高めた自分自身の魔法力と、呪符を大量に使い捨てることによる時間短縮と、自動防御による時間確保で解決した。ただし呪符の大量使い捨てという新たな問題点により、一度の戦いで一度限りの、必殺技みたいな運用しかできない。――もっとも光宣《みのる》には、この偽神《ぎしん》魔法［黄泉八雷神《よみはちらいじん》］よりも強力な魔法のレパートリーが幾つもあるのだが。

光宣《みのる》が纏《まと》う影の中から蛇の形をした八条の電撃の束が飛び出した。

火花を散らす八匹の「蛇」は空中をうねりながら進み、鍾離権《しょうりけん》へと襲い掛かる。

鍾離権《しょうりけん》は竹扇子で順番に「蛇」を打ち払おうとした。

だが一匹目の「蛇」は電気を通さないはずの竹を伝って這《は》い上り鍾離権《しょうりけん》の腕に巻き付いた。

鍾離権《しょうりけん》の口から絶叫が迸《ほとばし》る。

電撃が肉を焼く苦痛。だが彼には、気を失うことすら許されなかった。

二匹目の「蛇」が逆側の手、左腕に絡《から》み付《つ》く。

三匹目と四匹目が左右の足に。

その都度、鍾《しょうり》離権《けん》は強制的に意識を戻され、絶叫してまた半失神状態になる。

五匹目が胴体に巻き付き、六匹目は首に巻き付いた。

そして遂《つい》に、七匹目が胸を貫く。この時点でおそらく、鍾《しょうり》離権《けん》は絶命していた。

だからそこから先は、電流が筋肉を刺激して動かしたのだろう。

最後の八匹目が鍾《しょうり》離権《けん》の股間を食い破り、胴体に潜り込んで頭頂から抜け出る。

手足をいっぱいに伸ばして跳び上がった鍾《しょうり》離権《けん》の身体《からだ》は、ようやく地に倒れることを許された。

彼の身体《からだ》は水分を失って縮み、皮膚は人相も分からぬ程に黒く焼け焦げていた。

「随分と悲惨な魔法を使ったな」

鍾《しょうり》離権《けん》が倒れたのと同時に、達也《たつや》が［疑似瞬間移動］で光宣《みのる》の隣に出現した。彼はこの程度の距離の［疑似瞬間移動］であれば、人造魔法師実験で与えられた仮想魔法演算領域で発動可能になっていた。

「僕もこんな、嬲《なぶ》り殺《ごろ》しにするような結果になるとは思っていませんでした……」

呆《あき》れ声で言う達也《たつや》に、光宣《みのる》は呆然《ぼうぜん》とした口調で応えを返した。

ただ、達也《たつや》の口調に非難は無く、光宣《みのる》の声に後悔は無い。

光宣《みのる》は「嬲《なぶ》り殺《ごろ》し」と言ったが、八匹の「蛇」が鍾離権《しょうりけん》を殺してしまうまで十秒も掛かっていない。あの程度なら国際法で禁じられている「残虐な殺害方法」には当たらないだろう。それに今の殺し合いでは、あの魔法を使うのが最適解だった。残虐な殺し方をしないというのは結局、敢えて残虐な殺し方ができる者の、手段を選べる者の余裕なのだ。八仙《はっせん》はそこまで甘い相手ではなかった。

ただ「黄泉八雷神《よみはちらいじん》」が光宣《みのる》の想定を超えた攻撃方法となった点は、今後の反省材料となるだろう。結果が正確に予測できない技術は、使用者に害をもたらす恐れがある。

今はそれを、心に留めておくだけで良かった。

「まあ良い。行くか」

「そうですね。長居は無用です」

達也《たつや》は影を纏《まと》ったままの光宣《みのる》が頷《うなず》くのを見て、ステルスダイバーを隠した丘に足を向けた。

◇ ◇ ◇

「……ッハッ！」

メグレズは詰めていた息を一気に吐き出し、呼吸を止めていた時間の酸素を貪《むさぼ》る為《ため》に激しい呼吸を繰り返した。

威力と効果、二重の意味で恐ろしい魔法。メグレズは今更のように震え始めた。何時《いつ》までも追い付いてこない彼女の様子を見に来た部下が側にいたが、恥とは思わなかった。

その部下も恐怖に顔を凍り付かせている。それが視界の端に映っていた。彼女たちの視線の先には黒焦げになった鍾 離権《ツオンリークアン》の死体が転がっている。彼の身体《からだ》を焼いた電撃の魔法を、メグレズだけでなく部下も目撃した。互いの身体《からだ》が見せている、恐怖に曝《さら》されたことを示す反応が、今の光景は悪夢ではなかったと証明していた。

影に包まれた魔物のような魔法師――本当に魔物ではないのだろうか？――の隣に、突如別の魔法師が出現した。常識的に考えれば［疑似瞬間移動］の魔法を使って「跳んで」きたのだろう。しかし、何の予兆も無かった。移動後に生じる気流の乱れも無かった。影は纏《まと》っていないが、影のような魔法師だった。

その魔法師は男だった。多分、若い男だ。

多分というのは、顔を帽子とミラーサングラスとフェイスカバーで完全に隠していたからだ。体格は多分良い。またしても「多分」が付くのは、幾ら目を凝らしてもはっきりとした印象が意識に投影されないからだ。

見えているのに、ふとした弾みで見失いそうになってしまう。登場の仕方だけでなく、存在そのものが影のような魔法師だった。

影のような魔法師が、影を纏《まと》う魔法師に何事か話し掛けている。前者が頷《うなず》いているのは、後者から応えが返ってきたのだろう。二言《ふたこと》程の会話で、二人は歩き出した。

メグレズがいる方へ。

ミラーサングラスに隠れた視線が、自分を捉えたようにメグレズは感じた。

メグレズの全身が硬直する。心臓まで止まってしまいそうになった。

何故《なぜ》だかは分からない。その男は彼女に何もしていない。敵意どころか、警戒すら見せていない。それなのにどうしてか、底知れぬ絶望をメグレズは覚えた。

彼女が言語化できなかったのは、圧倒的な戦力差。

何をしても絶対に勝てないという敗北感。

突如、生殺与奪を握られた人間を襲う絶望だった。

ミラーサングラスの魔法師はメグレズを一目見ただけで、興味なさそうに顔を進行方向へ向けた。

影のような魔法師と影を纏《まと》う魔法師がメグレズたちの横を通り過ぎる。

横と言っても、たっぷり十メートルはあった。

関わろうと思わなければ、関わらずに済む距離。

「待て……待ってくれ」

それなのにメグレズは、二人に声を掛けた。足を止めた二人に、自分から近付いていった。

部下のグルカ兵は、足を止めたまま付いてこなかった。

ミラーサングラスの男は、メグレズに目を向けている。影を纏《まと》う魔法師も、多分彼女を見ているだろう。

自分がとんでもない愚行に及んでいる……メグレズはふと、そう思った。

自分から悪魔と死神《しにがみ》に近付いているようだ……、と。

それでも彼女は、止まらなかった。

「私はＩＰＵの魔法師士官、メグレズ。ご助力に感謝する」

メグレズの声は、少し震えていた。

「こちらの都合でやったことだ。礼には及ばない」

応えは影のような男から返ってきた。

ごく普通の、若い男性の――人間の声。

メグレズは泣きたくなるくらい、ホッとした。

「よければ名前を――よろしければお名前をうかがえないだろうか」

ミラーサングラスの青年が影を纏《まと》う魔法師へ目を向けた。

黒雲のような影が消え、中から平凡な外見の若者が現れた。

メグレズは拍子抜けすると共に、その平凡な若者が何故《なぜ》か光り輝いて見えた。

まるで、平凡な外見の下に光の青年神の如《ごと》き美貌が隠されているとでも言うかのように。

「ブラック」

ミラーサングラスの青年が名乗った。

「ブライト」

平凡な青年がそれに続いた。

「ブラック殿とブライト殿ですね。本当にありがとうございました」

メグレズは自分でも気付かない内に丁寧な言葉遣いになって、合掌しながら二人に頭を下げた。

◇　◇　◇

サプタ・リシの一人と思い掛けない邂逅《かいこう》を果たした達也《たつや》と光宣《みのる》だったが、二人はその一幕を全く気に留めていなかった。

「ここですね」

「正確な場所は分かるか？」

「大丈夫です」

二人は簡単に言葉を交わした後、それぞれの魔法でステルスダイバーを掘り出した。中に乗り込み、飛行魔法システムを作動させて機体の向きを変える。なお、飛行魔法システムの起動式は嘉手納《かでな》を離陸する前に、不正なコードが紛れ込んでいないことをチェック済みだ。

「目的地を同調させるぞ」

達也《たつや》は近距離通信を使って光宣《みのる》に話し掛けた。

『了解です。データをお願いします』

ステルスダイバー同士のデータリンクを確認して、達也《たつや》は目的地をあらかじめカノープスと打ち合わせておいたベンガル湾の一地点に設定した。

「俺が先に出る」

『十秒後に追随します』

「了解だ。では、カウントダウンを始める」

達也《たつや》がタイマーのボタンを押し、カウントが残り十秒からスタートする。

カウントがゼロになると同時にシステムが達也《たつや》の魔法演算領域に起動式を送り込み、飛行魔法が発動した。

ステルスダイバーはミサイルと言うよりレールガンの弾体のような勢いで、空に翔《か》け上がった。

◇　◇　◇

ベンガル湾に着水し、そのまま沈んでいったステルスダイバーを海中で回収したのは、存在しないはずのUSNA連邦海軍原子力潜水空母『バージニア』だった。達也《たつや》は三年前にもこの艦を利用したことがある。

「タツヤ、久し振りだね」

「マイケル、またお目に掛かれて嬉《うれ》しく思います」

艦長のマイケル・カーティス大佐も三年前から交代していなかった。なお達也《たつや》がカーティス大佐のことをファーストネームで呼んでいるのは本人にそう言われたからというのもあるが、ワイアット・カーティス上院議員と区別する意味合いもあった。

「そちらの君はタツヤのアシスタントだね？」

「初めまして、キャプテン。桜島光《おうじまひかる》と申します」

「ミスター・オージマか。まあ、そういうことにしておこう」

このように意味深な遣《や》り取《と》りもあったが、達也《たつや》たちは概《おおむ》ね歓迎されていた。チベットで何をしてきたか、根掘り葉掘り訊《き》かれることもなかった。ただステルスダイバーの乗り心地と着陸した後どうやって隠したかについては、艦長だけでなく複数のクルーから熱心な質問を受けた。特にフライトデッキ要員とは、ステルスダイバーの具体的な運用方法について細かく意見を交わした。

彼らとの議論は、おそらくこの機体は潜水空母で運用することが検討されているのだろう。迎えの飛行機が来るまで続いた。

もうすぐ日付が変わる時刻。

達也《たつや》と光宣《みのる》は、浮上したバージニアの飛行甲板に立っていた。

真夜中に灯火を付けず接近する機体。ほとんどブラインド状態での着艦になるが、航空機の挙動にもデッキ要員の態度にも頼りなさは感じられない。

着艦しようとしている航空機は達也《たつや》のプライベートジェットだ。水素ジェットエンジンに気流制御魔法と慣性制御魔法を併用し最高速度マッハ七を叩《たた》き出《だ》す極超音速機。その気流操作魔法システムと慣性制御魔法システムは短距離離着陸にも威力を発揮する。

気流操作魔法により、主翼の揚力だけでは不可能な低速でアプローチを掛けるプライベートジェット。達也《たつや》はこの機体に名前を付けていないが、専属パイロットの四八《よつや》徹《てつ》は勝手に『雷《らい》閃《せん》』と呼んでいる。

仮称『雷閃《らいせん》』のランディングギアが甲板に接触。同時に強烈なエアブレーキが掛かる。これも気流操作魔法によるものだ。魔法で慣性が中和されている機体は、気流のブレーキによりバリケード・ネットに頼らず自力で停止した。

「マイケル、他の皆さんもお世話になりました。ご協力に感謝いたします」

「実用実験に協力してもらって、こちらこそ感謝している。可能になったらで良いので、タツヤがチベットで何を見てきたか、いずれ教えてもらえると嬉《うれ》しい」

マイケル・カーティス大佐は達也《たつや》と握手しながらこう応えた。

「そう遠くない未来にお話しできると思います」

「そうか。楽しみに待っている」

達也《たつや》のセリフは、本人の気持ちの上では、嘘《うそ》ではなかった。

カーティスが名残惜しそうに達也《たつや》の手を放す。そして、達也《たつや》に向かって敬礼した。

甲板のクルーも一斉に敬礼を見せる。

達也《たつや》は左胸に右手を当てて答礼し、仮称『雷閃《らいせん》』に乗り込んだ。

光宣《みのる》も達也《たつや》の真似《まね》をしたが、彼程には様になっていなかった。

【9】相続人の使命

八月二十七日、金曜日。達也《たつや》と光宣《みのる》は、日本に帰還した。

達也《たつや》のプライベートジェットが巳焼島《みやきしま》の四葉家《よつばけ》専用空港に降りたのは午前六時のことだった。早朝にも拘《かか》わらず、空港には深雪《みゆき》とリーナが出迎えに来ていた。

「達也《たつや》様、お帰りなさいませ」

深雪《みゆき》は淑《しと》やかにお辞儀した後、「ただいま」と答えた達也《たつや》に抱き付いた。

達也《たつや》の後ろで光宣《みのる》は少し居心地が悪そうにしているが、リーナは慣れているのか平然としたものだ。

「ミノル、お疲れ様」

あぶれた者同士（？）、リーナが光宣《みのる》に労《ねぎら》いの声を掛ける。

「んっ、ああ……、出迎えありがとう、リーナ」

達也《たつや》と深雪《みゆき》の二人を視界に入れないようにしている所為《せい》で、光宣《みのる》は挙動不審になっていた。

なお相手がリーナ単独ならば、光宣《みのる》は砕けた口調で話す。お互いにその方が気楽なようだ。

「ミナミにも一緒に来るように言ったんだけどね。ミノルたちが無事に着くまで、持ち場を離れられないって」

「そうなんだ……」

「寂しい？」

リーナが悪戯《いたずら》猫のような目で光宣《みのる》を見上げる。

「そんなことはないよ」

「ミナミ、十時過ぎに降りてくるって言ってたわ」

「リーナ……」

ニコリと、ではなくニヤリと笑ったリーナに、光宣《みのる》は少し恨めしそうな目を向けた。

◇◇◇

手早く入浴を済ませて短い睡眠を取った達也《たつや》は、同じく身体《からだ》を休めていた光宣《みのる》と共に——パラサイトである光宣《みのる》にとって、睡眠は必須のものではない——遅い朝食の席に着いていた。

時刻はそろそろ十時半。もうランチも近い時間なので、朝食は軽いものだ。むしろ午前のティーブレイクに近いかもしれない。

深雪《みゆき》は達也《たつや》に甲斐甲斐《かいがい》しく給仕《きゆうじ》をしている。それを見たリーナは面白がって光宣《みのる》にサービスを始めた。——態々《わざわざ》ウエイトレスのような服に着替えて。そのウエイトレス風の服は、スカート丈が短く胸元のカットが深かった。

深雪《みゆき》を真似《まね》て、彼女が達也《たつや》にしているように、リーナは光宣《みのる》のグラスに飲み物を注《つ》ぎ足《た》し、空いたお皿をデザートに交換する。その度に——これは深雪《みゆき》の真似《まね》ではないが——触れるか触れないかのギリギリまで身を寄せたり大袈裟《おおげさ》に微笑《ほほえ》んで見せたりした。テーブルを拭く時には胸元の深いカットを強調するように、大きく前屈《まえかが》みになった。……下着は見せなかったが。

リーナは自分をからかっているのだと光宣《みのる》にもすぐに分かった。だから彼は、その挑発的なサービスを笑ってスルーしていた。傍《はた》からは、彼が喜んでいるように見えたかもしれない。だが光宣《みのる》は悪ふざけへのお付き合いで、そう演じているだけだった。

——本当に、それだけだったのだ。

しかしそこへ、高千穂《たかちほ》から降りてきた水波《みなみ》が登場する。

「……光宣《みのる》さま。これは一体……？」

水波《みなみ》が低い声で光宣《みのる》に問う。

光宣《みのる》は「いや、違うんだ」と無意味に焦《あせ》った。

「違う、とは、何が違うのでしょうか」

「これはリーナが僕をからかう為《ため》に始めたことで」

水波《みなみ》がリーナに熱の無い視線を向ける。

「リーナさま？」

「い、いやね、ジョークよ、ジョーク」

下手に刺激するのはまずい。

そう感じたリーナは「じゃあ、後は任せた」と言い捨ててその場から逃げ出した。

簡単な食事を終えるのに思い掛けない時間を取られた所為《せい》で、予定より遅れて達也《たつや》はラサの遺跡探索で得た知識の説明を始めた。相手は深雪《みゆき》と水波《みなみ》と兵庫《ひょうご》、それから兵庫《ひょうご》に連れ戻してもらったリーナ。

「……それってまるで、ソドムとゴモラに降った神罰の火じゃない」

シャンバラ文明が開発した危険な魔法の説明中、リーナが強張《こわば》った表情で思わず口を挿《はさ》む。

深雪《みゆき》と水波《みなみ》も似たような顔になっていたが、リーナよりもまだショックが少ないように見えるのは宗教的な背景の違いによるものだろうか。リーナはこれでも、日曜日には教会に通っている。――毎週ではないが。

「俺もそう考えている。ソドムとゴモラの伝説は、この魔法の記憶かもしれない」

説明の途中だったが、達也《たつや》は律儀《りちぎ》にリーナの質問に答えた。

「今の段階で魔法の詳細までは分からないが、おそらく高熱高濃度のプラズマを空中で広範囲に発生させ、それを地上に落とす魔法だと思われる」

「リーナの『ヘビィ・メタル・バースト』とベゾブラゾフの『トゥマーン・ボンバ』を合わせたような魔法ですね……」

深雪《みゆき》は呟《つぶや》くようにそう言った後、ブルッと震えた。自分が口にした内容が、改めて恐ろしくなったのだろうか。

「もしタツヤが言ったとおりなら……。爆心地からの距離に応じた減衰が無い分、ワタシの魔法より高威力だと思うわ……」

リーナは青ざめた顔で、深雪《みゆき》のセリフにそう続けた。

「過剰な威力も問題だが、真に問題となるのは先日の［バベル］と同様に、魔法演算領域の容量さえ確保できれば遺物を使って誰にでもその魔法を修得させられるという点だ」

「それだけの魔法演算領域を持つ者は少ないのではございませんか？」

この問い掛けをしたのは兵庫《ひょうご》。彼は冷静な態度を崩していなかった。

「魔法師《メイジスト》を人間として尊重するならば、そのとおりです」

「使い捨てにするならば、多くの者に覚えさせられると？」

相変わらず兵庫《ひょうご》の表情にも口調にも動揺は見られない。だが話題に似つかわしくないにこやかな表情こそが、彼の心の裡《うち》を反映しているのかもしれなかった。

「これは感覚的な推測ですが……オーバーヒートを恐れなければ、いえ、オーバーヒートを積極的に許容すれば、適合者は魔法師《メイジスト》の二十パーセントに上るでしょう」

「この遺産の存在を知ったならば、大半の権力者は魔法師《メイジスト》を単なる兵器としてしか扱わなくなるでしょうね。現在の『使徒』と違って、比較的容易に補充できるんですから」

達也《たつや》のセリフを受けて光宣《みのる》が、彼ら二人が最も深刻に受け止めている懸念《けねん》点を口にした。

この大量破壊魔法を手にしても、権力者が実際に使用することは無いかもしれない。だが自分のキャパシティを超えて「遺物」で魔法をインストールされた魔法師《メイジスト》は、実際にその魔法を使わなくてもオーバーヒートで壊れてしまうだろう。それも、短期間の内に。

そうなれば権力者は再び「遺物」を使って、別の魔法師《メイジスト》に大量破壊魔法をインストールするだけだ。シャンバラの「遺物」はそれを可能とする。

「……確かにその可能性はあるわね」

自分自身も「使徒」だったリーナが、暗い声で同調した。

「その魔法の器とする為《ため》だけに、魔法師《メイジスト》が作られるようになるかもしれませんね」

自分自身も作られた魔法師《メイジスト》「調整体」である深雪《みゆき》が、重苦しい声で派生する問題点を指摘する。

「そしてその役目が代々続いていくという可能性も……」

調整体の第二世代――調整体の両親を持つ水波《みなみ》は、暗い未来を最後まで口にできなかった。

「まだ話の途中だが、次の目標はこの……そうだな、仮称を【天罰業火《ラス・フレイム》】としておこうか。この大量破壊魔法【天罰業火《ラス・フレイム》】を封印することだ。まずは【天罰業火《ラス・フレイム》】をインストールする為《ため》の遺物を回収して、インストール機能を凍結する方法を探す」

「遺物を破壊するのではないのですか？」

「それは最後の手段だ。今の人類には扱えなくても、未来の人類には必要になるかもしれない」

深雪《みゆき》の問い掛けに答える達也《たつや》の表情には、迷いがあった。彼は、未来の人類が知識を賢く用いると確信できないのだ。それでも彼は、過去の英知を葬《ほうむ》り去《さ》ることはしたくないと考えているのだった。

「……ところで、他にはどのような情報があったのですか？　まだ重要なお話が残っているようにお見受けしますが」

達也《たつや》の苦悩を敏感に感じ取った深雪《みゆき》が話題を変える。

「それは、僕から話させてください」

全員の視線が光宣《みのる》に集まる。

達也《たつや》が軽く頷《うなず》いたのを確認して、光宣《みのる》は言葉を続けた。

「シャンバラの遺跡は日本にもありました」

「えっ⁉」

深雪《みゆき》、リーナ、水波《みなみ》が三者三様の反応で驚きを表す。なお声を上げたのはリーナだ。

「場所も分かっています。富士山麓《ふじさんろく》の洞穴の一つから入れます」

「富士山麓《ふじさんろく》の洞穴というと、青木ヶ原《あおきがはら》？　あんなに人が良く来るところにある遺跡が何故《なぜ》見付かっていないのかしら？」

深雪《みゆき》が首を捻《ひね》るのも無理はない。青木ヶ原《あおきがはら》の風穴は有名な観光スポットだ。それだけでなく、国防軍が森林戦の訓練にも使っている。当然官民を問わず、様々な調査が行われてきている。

「本来の入り口は貞観大噴火《じょうがんだいふんか》で埋まっているんです」

貞観大噴火《じょうがんだいふんか》とは貞観《じょうがん》六年（西暦八百六十四年）から二年間続いた富士山《ふじさん》の活発な噴火活動のことで、現在の青木ヶ原《あおきがはら》樹海はこの時の溶岩流跡の上に形成されたものだ。

「ただ遺跡自体は休眠状態で残っています。洞穴の一つが入り口の近くまで伸びていますので、そこから掘り進めていけばたどり着きます。正確な位置が分かっているから確実に発見できますよ」

「凄《すご》いわね……。ラサの遺跡は、他の遺跡の現在の状態まで分かるものだったの？」

リーナが感心した表情で口を挿《はさ》んだ。

「驚くべきことですが、そうです。だから『ラサの地下にはシャンバラに通じる道がある』という伝説が生まれたのでしょうね」

「確かにそうね。『シャンバラに通じる道』で間違っていないわ」

「場所も重要だが、目を向けるべきはそこに保管されている魔法だ」

達也《たつや》はそう言って、光宣《みのる》に目で続きを促した。

「そうですね。富士《ふじ》の遺跡には、パラサイトに関わる魔法が保管されています」

「えっ⁉」

今回声を上げたのは、水波《みなみ》だ。

「……失礼しました。しかしパラサイトに関わる魔法とは？　では私たちパラサイトはやはり、シャンバラ文明が生み出したものだったのですか？」

「水波《みなみ》さん、落ち着いて」

光宣《みのる》が隣に座る水波《みなみ》の手を握って気持ちを落ち着かせる。

水波《みなみ》は頰を少し赤らめて俯《うつむ》き、深雪《みゆき》とリーナはその初々《ういうい》しい反応に微笑《ほほえ》んだ。

「詳しいことは実際に、富士《ふじ》の遺跡を調べてみなければ分からない。でも多分、シャンバラ文明の人々はパラサイトを作ったんじゃなくてパラサイトに対処したんだ」

「……出現したパラサイトに対処する魔法を作ったということですか？」

「多分ね」

「それで、どんな魔法なのかは分かっているの？」

水波《みなみ》が落ち着きを取り戻したのを見て、リーナが興味《きょうみ》津々《しんしん》の顔で光宣《みのる》に問い掛けた。

「…………」

「光宣《みのる》、言いにくければ」

「いえ」

俺が、と言い掛けた達也《たつや》を、光宣《みのる》はしっかりした口調で制止した。

そして彼はリーナではなく、水波《みなみ》に顔を向けた。

「富士《ふじ》の遺跡に修得の為《ため》の遺物が保管されている、パラサイトに関わる魔法は二つ」

水波《みなみ》が息を呑《の》んだのは、光宣《みのる》の真剣な表情に気圧《けお》されただけでなく、これから語られることが自分たちにとって重大な意味を持つと覚《さと》ったからだ。

彼女は大きく息を吸って、それを聞く覚悟を決めた。

光宣《みのる》は水波《みなみ》の決意に応えて、続きを口にした。

「一つは死のリスク無しに、人を確実にパラサイトへと変える魔法」

光宣《みのる》が息を継ぐ。

「もう一つは、パラサイトを人間に戻す魔法だ」

今度こそ完全に、水波《みなみ》は息を止めた。

水波《みなみ》だけではない。深雪《みゆき》も、リーナも、息を忘れた。

「[天罰業火《ラス・フレイム》]の遺物を回収したら、富士《ふじ》の遺跡に向かう。時間を掛けるつもりはないから安心してくれ」

達也《たつや》の淡々とした声に、三人は一斉に呼吸を思い出す。

忙《せわ》しない呼吸音が落ち着いたところで、達也《たつや》が話を再開した。

「二人がどうするかは、実際に遺物を回収してから考えれば良いだろう」

達也《たつや》の言葉に、光宣《みのる》が「そうですね」と、水波《みなみ》が「仰《おっしゃ》るとおりにいたします」と答えた。

「ところで達也《たつや》様。[天罰業火《ラス・フレイム》]の遺物の回収はどちらへ？　場所によっては、早急に渡航手

段を手配しなければならないかと存じます」

話が一段落したと見て、兵庫《ひょうご》が若さに似合わぬ、執事の鑑《かがみ》のような落ち着いた口調で達也《たつや》に訊《たず》ねる。

「そうよ！　チベットの遺跡が『シャンバラに通じる道』だったのなら、その大量破壊魔法が保管されている場所も分かっているんでしょう？」

リーナに対して「魔法が保管されているのではなく魔法を修得する為《ため》の遺物が保管されている遺跡」という無益な揚げ足取りは、誰も行わなかった。

「大丈夫です。渡航は難しくありません」

達也《たつや》はまず兵庫《ひょうご》にそう言って、それからリーナの質問に答えた。

「遺跡の場所は、シャスタ山だ」

シャスタ山はUSNAカリフォルニア州北部に位置する四千メートル級火山だ。そして、このシャンバラ探索の切っ掛けとなる遺物が出土した場所でもあった。

◇◇◇

横浜港《よこはま》を望む小高い丘の上にそびえる三棟一体の超高層ビル・横浜《よこはま》ベイヒルズタワー。ホテル、ショッピングモール、民間オフィス、テレビ局の複合施設であるこのビルには、日本魔法協会関東支部が置かれている。

その魔法協会支部——ではなく、ホテルの高層階レストランの窓際《まどぎわ》の席で、ドレスアップした七草《さえぐさ》真由美《まゆみ》はカクテルグラスを手に東京湾《とうきょうわん》の夜景を眺めていた。

「遅れて済まない」

その彼女に、テーブルに近付いてきた男性が声を掛けた。重低音の貫禄《かんろく》に満ちた声だが、その主が自分と同い年の若者であることを真由美《まゆみ》は知っている。

「いいえ。残業お疲れ様、十文字《じゅうもんじ》くん」

声を裏切らぬ体格を誇る十文字《じゅうもんじ》克人《かつと》が、ウエイターの案内に従って真由美《まゆみ》の向かい側の席に腰を下ろした。

「残業か。結論は決まっているのだから、時間どおりに終わってほしいものだ」

克人《かつと》は苦笑いを浮かべている。その表情は「苦」よりも「笑」の比重の方が高かった。彼のセリフは愚痴と言うより軽口と言うべきものだった。

克人《かつと》は十師族《じゅっしぞく》を代表して魔法協会との打合せを終えたところだ。十師族《じゅっしぞく》は魔法協会と定期的に意見交換を行っている。

日本魔法協会は京都に本部、横浜《よこはま》に支部を置いていて、本部との会合は金沢《かなざわ》に居を構える一《いち》条家《じょうけ》の当主と芦屋《あしや》に居を構える二木《ふたつぎ》家《け》の当主が交代で出席している。以前は専《もっぱ》ら九島家《くどうけ》がその役目を担《にな》っていたのだが、三年前に九島家《くどうけ》が十師族《じゅっしぞく》の地位を返上してからこのような体制になっていた。

一方、関東支部に最も近いのは厚木《あつぎ》の三矢家《みつやけ》だが、魔法協会との交流は東京の七草家《さえぐさけ》が自ら進んで担《にな》っていた。これには、十師族《じゅっしぞく》も師補十八家も魔法協会とは関わりたがらない者が多い中で、七草家《さえぐさけ》だけが——と言うよりも七草《さえぐさ》の現当主・七草弘一《さえぐさこういち》だけが協会との関係構築に積極的だという事情があった。

しかし最近の弘一《こういち》は表に出るのを控えるようになった。代わりに協会相手の窓口になったのは三矢家《みつやけ》の当主、ではなく十文字家《じゅうもんじけ》当主の克人《かつと》だ。これには弘一《こういち》の強い後押しが働いていた。弘一《こういち》の意図は、克人《かつと》には分からない。だが克人《かつと》から見て弘一《こういち》は自分の親の世代だ。雑用を引き受けるように言われて角が立たぬよう断るのは、克人《かつと》には難しかった。

そして今日がその会合の日であることを知っていた真由美《まゆみ》は同じベイヒルズタワーの——厳密に言えば隣のビルだが——レストランのディナーに、先日のお返しとして克人《かつと》を招待したのだった。

先日の、というのは「遠上遼介《とおかみりようすけ》の妹に彼のことを教えても構わないか」と克人《かつと》から真由美《まゆみ》が訊《たず》ねられた席のことだ。今夜の招待は、その回答の為《ため》という性格が強かった。

一頻《ひとしき》り魔法協会に対する軽口を交わした後——このレストランは協会幹部の利用も多いのだが、真由美《まゆみ》も克人《かつと》も彼らの耳を気にしていなかった——真由美《まゆみ》は本題に入った。

「遠上《とおかみ》さんはご家族に会いたくない……と言うより、合わせる顔が無いそうよ」

「事情がありそうだな……」

克人《かつと》は軽く腕を組み、目を閉じた。そして、五秒程考え込んで目を開けた。

「……分かった。本人の意思を尊重しよう。彼の妹には——ご家族には気の毒だが、本人には譲れない拘《こだわ》りがあるのだろう」

それを聞いて真由美《まゆみ》はホッとした。「やはり会わせろ」と言われても、遼介《りようすけ》は既に会社を辞め、社宅を出て行っている。

「しかし遠上遼介《とおかみりようすけ》がメイジアン・カンパニーに勤めている限り、彼の妹やアリサとふとした弾みで顔を合わせないとも限らないぞ。あの二人は東京にいるのだからな」

これだけ人口が多い東京で、生活圏も生活パターンも違っている同士が偶然顔を合わせる確率は限りなくゼロに近いのでは、と真由美《まゆみ》は思った。それに克人《かつと》の心配は前提条件が違う。

「その心配は要らないと思うわよ」

克人《かつと》の杞憂《きゆう》を取り除いてやりたくて、真由美《まゆみ》はついつい言うつもりのないことを喋《しやべ》り始めた。

——彼女は安堵《あんど》した所為《せい》で少々気が緩んでいた。

「遠上《とおかみ》さん、カンパニーを辞めたから」

「やめた……？　会社を辞めたということか？」

「ええ、急に。メイジアン・カンパニーは会社じゃないけど」

真由美《まゆみ》がつまらない拘《こだわ》りを見せて話を停滞させる。

ただ克人《かつと》は、ここで短気を起こさなかった。

「遠上《とおかみ》さんは、アメリカに戻ってレナの為《ため》に働きたいのですって」

真由美《まゆみ》のそのセリフに、克人《かつと》の顔が強張《こわば》る。だがその変化はわずかなもので、しかも普段から強張《こわば》っているような表情でいることが多い為《ため》、付き合いが長い真由美《まゆみ》にも分からなかった。

──今の真由美《まゆみ》は酒精に注意力が侵食され始めているのかもしれない。

「……アメリカのレナというのは、FEHR《フェール》のレナ・フェールのことか？」

「十文字《じゅうもんじ》くん、レナのことを知っているの？」

「魔法師関連のニュースを真面目に見ている者なら誰でも知っているだろう。魔法師の世界では、レナ・フェールは時の人と言っても過言ではない」

今度は真由美《まゆみ》が目を丸くする。彼女の表情の変化は、克人《かつと》のそれと違って分かりやすかった。

「そんなことになっているの？」

「むしろ何故《なぜ》七草《さえぐさ》が知らないのだ」

克人《かつと》が呆《あき》れ顔《がお》になった。今回の表情は、真由美《まゆみ》にもはっきりと分かった。

「いや、だから何？　はっきり、教えてくれない？」

真由美《まゆみ》が軽く短気を起こす。こういうところも今日の真由美《まゆみ》と克人《かつと》は対照的だ。

子供っぽく、ちょっと唇を尖《とが》らせている真由美《まゆみ》に、克人《かつと》は意識的にため息を堪《こら》えなければならなかった。

「レナ・フェールが率いるFEHR《フェール》は、先日メイジアン・ソサエティと提携文書を交わした。メイジアン・ソサエティは春に結成されたばかりの組織とは言え、代表はIPUの戦略級魔法の開発者であるチャンドラセカール博士だ。設立式の立会人はイギリスの『使徒』マクロード。国際社会でメイジアン・ソサエティは、事実上IPUとイギリスの公認団体と考えられている。しかも副代表は、今や世界最強の魔法師と認められている司波《しば》だ。メイジアン・ソサエティは早くも世界の一大勢力にのし上がったと言える」

「……ちょっと大袈裟《おおげさ》じゃない？」

冗談めかして、ではなく冗談めいたものにしようと笑いながら言う真由美《まゆみ》。

「大袈裟《おおげさ》ではない」

対して克人《かつと》は、大真面目な顔で断言する。冗談でも誇張でもない、と。

「あっ、はい」

その勢いに、真由美《まゆみ》は思わず真顔になった。

「……そのメイジアン・ソサエティが、無名のFEHR《フェール》と提携を結んだのだ。世界に数多《あまた》ある魔法師団体の中から、真っ先に。これが話題にならないはずはないだろう」

真由美《まゆみ》の反応に強く言いすぎたと思ったのか、克人《かつと》は口調を弱めてそう締《し》め括《くく》った。

ただそれで真由美《まゆみ》の驚きが軽減されることはなかった。組織の中にいる人間の評価と外から見た人間の評価が食い違うのは、世の中では良くあることだ。過小評価と過大評価は、同じくらいの頻度で生じる。内部の人間の方が正しいケースは、逆のケースよりも少ないが。

「それでレナのことを知っていたのね」

ただ真由美《まゆみ》に反論の材料は無かったので、ここでは取《と》り敢《あ》えず「そういうものか」と呑《の》み込んでおくことにしたのだった。

「七草《さえぐさ》は何やら親しげだが、レナ・フェールとどのような関係なのだ？」

「最近できたお友達よ。十文字《じゅうもんじ》くんは知らないんだっけ？　私、その提携の調整で先々月、バンクーバーに行ってきたの」

「……いや、知らなかった。良く渡米できたな」

克人《かつと》が見せた驚きは、演技には感じられなかった。

政府は自分の渡米を広めたくないらしい、と真由美《まゆみ》は思った。

「私もそう思うわ。裏で何かごちゃごちゃあったみたいなんだけど」

「ごちゃごちゃ？　何があったんだ？」

「知らないし、知りたくないわ」

訝《いぶか》しげな表情の克人《かつと》に、薄情なほど素っ気なく真由美《まゆみ》は答えた。

「どうせ専務――達也《たつや》くんが何かしたに決まっているもの」

「そうか……。政府や軍部のストレスが爆発しなければ良いが」

克人《かつと》の心配は冗談ではなかった。権力者が意に沿わぬ妥協を強いられて、我慢できずに暴発するというのはフィクションの中だけの話ではない。

「ホントにね。達也《たつや》くんにはもう少し自重してもらいたいものだわ」

「――司波《しば》のことは取《と》り敢《あ》えず、横に置いておこう」

愚痴の洪水を聞かせられそうな気配を感じて、克人《かつと》は話題転換を図った。

「レナ・フェールの為《ため》に働くというのは、遠上遼介《とおかみりようすけ》はFEHR《フェール》の一員だったのか？」

それまで良い感じに顰《しか》め面《づら》だった真由美《まゆみ》の表情が曇る。

「――ええ。日本に来たのもレナの指示だったみたい」

「スパイということか？　日本魔法界にスパイが潜入していると知っていて、何故《なぜ》師族会議に報告しなかったのだ？」

克人《かつと》の口調に非難の色彩が混じる。いや、非難と言うより叱責か。

それ程強い調子ではなかったが、真由美《まゆみ》は克人《かつと》の顔を正視できずに目を逸《そ》らした。

「……スパイと言っても、日本魔法界に害を為《な》す気配は無かったわ。それに遠上《とおかみ》さんも、日本人の魔法師よ」

それでも真由美《まゆみ》は、俯《うつむ》きはしなかった。目は合わせていないが、顔を背けてはいなかった。

「だが外国のスパイだったのだろう」

「外国の、じゃなくて外国人の為のスパイよ。それに彼が探っていたのは達也《たつや》くんの意図だけ。カンパニーには外国が欲しがっている技術的な情報が大量にしまい込まれているけど、そういうデータにアクセスしようとした形跡は無かった」

「……七草《さえぐさ》にはハッキングを見破るような技術は無かったと思うが」

「私には無くてもカンパニーには響子《きょうこ》さんがいるのよ。『電子の魔女《エレクトロン・ソーサリス》』に全く気付かれずにハッキングなんて、できるはずがない」

電子の魔女《エレクトロン・ソーサリス》の威名は克人《かつと》も当然知っている。サイバー世界で諜報《ちょうほう》戦を繰り広げている者にとっては、それが攻撃側であっても防御側であっても、悪夢でしかない神の如《ごと》き手腕の悪魔的なハッカー。彼女が破壊的なクラッキングを行った記録は無いが、藤林《ふじばやし》響子《きょうこ》がその気になれば電子システムに依存した現代社会は一夜にして麻痺《まひ》してしまうだろう。もしかしたら修復不能のダメージを与えることすらできるかもしれない。見方によっては達也《たつや》以上の危険人物だ。

その藤林《ふじばやし》響子《きょうこ》が「不正アクセスの形跡は無い」と判断していると言われれば、克人《かつと》にそれ以上の反論は不可能だった。

「……七草《さえぐさ》は随分と、遠上《とおかみ》遼介《りょうすけ》に好意的なのだな」

その所為《せい》で、なのか。

克人《かつと》には珍しいことだが、このセリフは負け惜しみの性格が強いものだった。

「えっ、好意――!?」

しかしこのセリフには、克人《かつと》の想定外の効果があった。

「好意って、私は、そんな、別に……」

口にした克人《かつと》の方が不意を突かれた気分になる程、クリティカルだった。

「七草《さえぐさ》、お前……」

「ちょっと、十文字《じゅうもんじ》くん！　勘違いしないで！」

勘違いも何も、克人《かつと》は「好意的」としか言っていない。異性間の感情を示す言葉として使う場合、「好意」と「好き」の間には「Like」と「Love」程にもニュアンスの違いがある。真由《まゆ》美《み》は明らかに自分から底なし沼、と言うより地雷原に突っ込んでいるのだが、克人《かつと》はそれを指摘して真由美《まゆみ》をからかったりはしなかった。

「七草《さえぐさ》も適齢期だからな。そういう相手ができてもおかしくない」

克人《かつと》はからかったのではない。大真面目だった。

「違うと言っているでしょう！」

レストランが一瞬沈黙に包まれた。一瞬の静寂の後、ひそひそと囁《ささや》き合う声が合わさってざわめきになる。

今度こそさすがに、真由美《まゆみ》は顔を赤らめて俯《うつむ》いた。

真由美《まゆみ》の思い掛けない剣幕に、克人《かつと》も言葉を失っていた。

「……遠上《とおかみ》さんとは何でもないわ」

何時《いつ》までも俯《うつむ》いているのは負けだとでも思ったのだろう。真由美《まゆみ》は上げた顔を窓の外に向け、ぶっきらぼうに、自分に言い聞かせるように呟《つぶや》いた。形は克人《かつと》に対する応えだったが、実態は呟《つぶや》き――独り言だった。

「遠上《とおかみ》さんはアメリカに飛んでいくと言っていた」

タイミング良く、羽田《はねだ》空港――東京湾海上国際空港から飛び立っていく旅客機が見えた。

「彼の心にはレナしかいない。他の女性に心を捧《ささ》げている男は、最初から恋愛の対象になんてなり得ないのよ」

偶然だが、その旅客機には実際に遼介《りようすけ》が乗っていた。だが真由美《まゆみ》がその事実を知っているはずもなかった。

◇　◇　◇

現地時間、八月二十七日の正午近く。

カリフォルニア州リッチモンド市。FAIR《フェア》の首領、ロッキー・ディーンが隠れている一軒家に二人の女性が訪れた。

「閣下《マイロード》。……ただ今、帰参いたしました」

玄関の扉が閉まるなり、ローラ・シモンはいきなり跪《ひざまず》いた。訪れた女性はローラと、彼女を苦労してアメリカへ連れ帰った何仙姑《ヒーシャングー》だった。

ローラが十六夜調《いざよいしらべ》の屋敷《やしき》を脱出してから三日も掛かったのは、いったん東南アジアを経由するなどして入国審査を誤魔化す必要があったからだ。

ディーンとローラの指名手配は、まだ解除されていない。税関は何仙姑《ヒーシャングー》の変身術で通過できたが、ビザやパスポートの出入国記録は魔法だけでは誤魔化せなかったのだ。

「――ローラ、よく戻った」

ディーンは彼女を傲然とした態度で見下ろしていたが、彼の目には紛れもなく安堵《あんど》と喜びが宿っていた。

そんな不器用な主従を、ローラをここまで連れてきた何仙姑《ヒーシャングー》はニコニコと見守っていた。


同日、同時刻。

「ミレディ。ただ今、戻りました」

「遼介《りようすけ》⁉」

バンクーバーのFEHR《フエール》本部では、遼介《りようすけ》との思い掛けない再会にレナが目を丸くしていた。

「ミレディ。メイジアン・ソサエティとの提携により、日本での任務は完了したと解釈しました。再び御側《おそば》に仕えることをお許しください」

遼介《りようすけ》が深々と頭を下げる。ここが和室なら、間違いなく畳に額を擦《こす》り付《つ》けていただろう。

「仕えるなんて、そんな……遼介《りようすけ》、頭を上げてください」

困惑に満ちた声でレナに言われても、遼介《りようすけ》は腰を折って上半身を九十度倒したままだ。「許しが得られるまで梃子《てこ》でも動かない」という執念が、彼の全身から滲《にじ》み出《で》ていた。

「……遼介《りょうすけ》、貴男《あなた》は私の仲間です」

遼介《りょうすけ》の頑《かたく》なな心情を理解したレナが、声を和らげる。

「許すも許さないもありません。私の方からもお願いします。また一緒に頑張りましょう」

遼介《りょうすけ》が勢い良く顔を上げる。彼の表情は、今にも感涙に塗れそうな感じだった。

「光栄です、ミレディ！　粉骨砕身、お仕えいたします！」

「ですから、仕えるとかではないんですってば」

レナの微苦笑は、再び最敬礼の姿勢で頭を下げた遼介《りょうすけ》には見えなかった。

日本はその頃真夜中だったが、達也《たつや》は兵庫《ひょうご》を相手に渡米の計画を着々と練っていた。

舞台は再び、アメリカ西海岸に移ろうとしていた。

〈続く〉

あとがき

ここまでお付き合いくださり、ありがとうございます。『メイジアン・カンパニー6』をお届けしました。お楽しみいただけましたでしょうか。

オカルト系作家ならば、いえ、作家でなくてもオカルト趣味が少しでもあるなら、先史文明に一度は興味を持つのではないでしょうか。そして高度な文明が太古に築かれていたならば、何故《なぜ》その証拠が残っていないのかと考えた経験が、きっとあることでしょう。

現代文明の痕跡は意外に早く消えて無くなります。多くの方が言及されていることですが、電子的な記録媒体は紙とインク・墨で書かれた文書よりも長持ちしませんし、紙もプラスチックも簡単に燃えて無くなります。何万年も後に残るのは磨《す》り減《へ》った石碑だけ。後代の人間はそれを見て、太古の文明は物事を石碑で記録する段階にまでしか達していなかったと考えることになるでしょう。

鉄とコンクリートで造られた建造物も、文明が滅びれば遠からず朽ちてしまいます。コンクリートは風化し鉄は錆《さ》びて崩れ去ります。一万年も経《た》てば、石灰と鉄分を多く含む土だけが残るのではないでしょうか。こうして高度な現代文明は跡形も無く消え去り、時を経て勃興した次の文明は残された石造りの遺跡だけを見て我々の文明レベルを判断することでしょう。

これが回答例の一つですね。しかし私はもう一つの、これも良くある回答例の方を支持しています。それは、先史文明が現代文明とは異なる基盤の上に成り立っていたというものです。高度精神文明説とでも表現できますでしょうか。創作の世界ではこちらの方がポピュラーな気がします。

この説の良いところは、遺跡が残っていない理由について深く考える必要が無いという点です。魔法や超能力で成り立っている文明だから有形の遺跡が残っていなくてもおかしくない、という理屈ですね。

また神話や伝説の神々の力も高度精神文明の技術と考えて、色々と設定を膨らませられるのも良いところです。現代ファンタジーの、一つの定番ではないでしょうか。

この物語ではシャンバラも、そうした高度精神技術を基盤とする先史文明としています。記録メディアには岩石内の成分の配置、分子同士の結合の順序を使っています。それを「魔法」で読み取るというわけです。作中に出てくる様々な石板は、このような設定になっています。

氷河期のシェルターというアイデアは、グラハム・ハンコック氏の『神々の指紋』に続く一連の著作にインスパイアされたものです。といってもハンコック氏の著作を全て読んでいるわけではないのですが。主に参考にしたのは『神々の魔術』と『人類前史』です。次の舞台がアメリカになっているのは『人類前史』の影響ですね。

話は変わります。宇宙船や隕石《いんせき》が大気圏で曝《さら》される高熱を「摩擦熱」と呼ぶのは誤りである、というのは今や常識になっています。あの高熱は断熱圧縮によるものである。——はい、その点に異論はありません。しかしそれって「発熱の原因は発熱である」と言っているのと似てはいませんかね？　気体の温度と圧力って、気体分子の相互作用という観点から見れば等価じゃないんですか？　うーん、専門じゃないので良く分かりませんが……。

直感的には、圧縮が起こる原因をたどっていけば、大本は宇宙船や隕石《いんせき》と空気の流体摩擦に行き着くと思うのですが。であるなら、断熱圧縮による高温を「摩擦熱」と呼ぶのは一概に間違いとも言えないような……。

等《など》ということを、今巻を執筆中に考えてしまいました。余談です。

それではまた、第七巻でお目にかかれますことを願っております。繰り返しになりますが、お読みくださりありがとうございました。

（佐島《さとう》　勤《つとむ》）

◉佐島　勤著作リスト

「魔法科高校の劣等生①～㉜」（電撃文庫）
「魔法科高校の劣等生SS」（同）
「魔法科高校の劣等生　Appendix①～②」（同）
「続・魔法科高校の劣等生　メイジアン・カンパニー①～⑥」（同）
「新・魔法科高校の劣等生　キグナスの乙女たち①～⑤」（同）
「魔法科高校の劣等生　司波達也暗殺計画①～③」（同）
「ドウルマスターズ1～5」（同）
「魔人執行官《デモーニック・マーシャル》　インスタント・ウィッチ」（同）
「魔人執行官《デモーニック・マーシャル》2　リベル・エンジェル」（同）
「魔人執行官《デモーニック・マーシャル》3　スピリチュアル・エッセンス」（同）

本書に対するご意見、ご感想をお寄せください。

ファンレターあて先
〒 102-8177　東京都千代田区富士見 2-13-3
電撃文庫編集部
「佐島 勤先生」係
「石田可奈先生」係

読者アンケートにご協力ください!!

アンケートにご回答いただいた方の中から毎月抽選で10名様に「図書カードネットギフト1000円分」をプレゼント!!

二次元コードまたはURLよりアクセスし、
本書専用のパスワードを入力してご回答ください。

https://kdq.jp/dbn/　パスワード　fm2ap

●当選者の発表は賞品の発送をもって代えさせていただきます。
●アンケートプレゼントにご応募いただける期間は、対象商品の初版発行日より12ヶ月間です。
●アンケートプレゼントは、都合により予告なく中止または内容が変更されることがあります。
●サイトにアクセスする際や、登録・メール送信時にかかる通信費はお客様のご負担になります。
●一部対応していない機種があります。
●中学生以下の方は、保護者の方の了承を得てから回答してください。

本書は書き下ろしです。

この物語はフィクションです。実在の人物・団体等とは一切関係ありません。

電撃文庫

続《ぞく》・魔法科高校《まほうかこうこう》の劣等生《れっとうせい》
メイジアン・カンパニー⑥

佐島《さとう》 勤《つとむ》

◇◇◇

2023年5月10日 初版発行

発行者 山下直久
発行 株式会社KADOKAWA
〒102-8177 東京都千代田区富士見2-13-3
0570-002-301（ナビダイヤル）
装丁者 荻窪裕司（META＋MANIERA）
印刷 株式会社暁印刷
製本 株式会社暁印刷
※本書の無断複製（コピー、スキャン、デジタル化等）並びに無断複製物の譲渡および配信は、著作権法上での例外を除き禁じられています。また、本書を代行業者等の第三者に依頼して複製する行為は、たとえ個人や家庭内での利用であっても一切認められておりません。
●お問い合わせ
https://www.kadokawa.co.jp/（「お問い合わせ」へお進みください）
※内容によっては、お答えできない場合があります。
※サポートは日本国内のみとさせていただきます。
※Japanese text only

※定価はカバーに表示してあります。

©Tsutomu Sato 2023
ISBN978-4-04-915009-4 C0193 Printed in Japan

電撃文庫 https://dengekibunko.jp/

電撃文庫創刊に際して

文庫は、我が国にとどまらず、世界の書籍の流れのなかで〝小さな巨人〟としての地位を築いてきた。古今東西の名著を、廉価で手に入りやすい形で提供してきたからこそ、人は文庫を自分の師として、また青春の想い出として、語りついできたのである。

その源を、文化的にはドイツのレクラム文庫に求めるにせよ、規模の上でイギリスのペンギンブックスに求めるにせよ、いま文庫は知識人の層の多様化に従って、ますますその意義を大きくしていると言ってよい。

文庫出版の意味するものは、激動の現代のみならず将来にわたって、大きくなることはあっても、小さくなることはないだろう。

「電撃文庫」は、そのように多様化した対象に応え、歴史に耐えうる作品を収録するのはもちろん、新しい世紀を迎えるにあたって、既成の枠をこえる新鮮で強烈なアイ・オープナーたりたい。

その特異さ故に、この存在は、かつて文庫がはじめて出版世界に登場したときと、同じ戸惑いを読書人に与えるかもしれない。

しかし、〈Changing Times,Changing Publishing〉時代は変わって、出版も変わる。時を重ねるなかで、精神の糧として、心の一隅を占めるものとして、次なる文化の担い手の若者たちに確かな評価を得られると信じて、ここに「電撃文庫」を出版する。

1993年6月10日
角川歴彦

電撃文庫DIGEST　5月の新刊

発売日2023年5月10日

続・魔法科高校の劣等生 **メイジアン・カンパニー⑥** 著／佐島 勤　イラスト／石田可奈	IPUで新たな遺物を見つけた達也たち。遺物をシャンバラへの『鍵』と考える達也は、この白い石板と新たに見つけた青、黄色の石板の3つの『鍵』をヒントに次なる目的地、IPU連邦魔法大学へ向かうのだが——。
創約 とある魔術の禁書目録《インデックス》⑧ 著／鎌池和馬　イラスト／はいむらきよたか	『悪意の化身』アンナをうっかり庇ってしまった上条。当然の如く未曾有のピンチに見舞われる。彼らを追うのは、『橋架結社』の暗殺者ムト＝テーベ……だけでなく、アレイスターや一方通行勢力までもが参戦し……！
魔王学院の不適合者13〈下〉 ～史上最強の魔王の始祖、転生して子孫たちの学校へ通う～ 著／秋　イラスト／しずまよしのり	《災淵世界》と《聖剣世界》の戦いを止める鍵——両世界の元首が交わした「約束」を受け継ぐのは聖剣の勇者と異端の狩人——!?　第十三章《聖剣世界》編、完結!!
ウィザーズ・ブレインⅨ 破滅の星〈下〉 著／三枝零一　イラスト／純 珪一	衛星を巡って、人類と魔法士の激戦は続いていた。戦争も新たな局面を迎えるも、天樹錬は大切なものを失った衝撃で動けないでいた。そんな中、ファンメイとヘイズは人類側の暴挙を止めるため、無謀な戦いへと向かう。
楽園ノイズ6 著／杉井 光　イラスト／春夏冬ゆう	伽耶も同じ高校に進学し、ますます騒がしくなる真琴の日常。病気から復帰した華園先生と何故か凛子がピアノ対決することに？　そして、夏のライブに向けて練習するPNOだが、ライブの予定がダブルブッキング!?
妹はカノジョにできないのに 4 著／鏡 遊　イラスト／三九呂	家庭の大事件をきっかけに、傷心の晶穂が春太の家に居候することに。一方、雪季はついに受験の追い込み時期へ突入！　二人の「妹」の転機を前にして、春太がとるべき行動とは……。
新作 **命短し恋せよ男女** 著／比嘉智康　イラスト／間明田	恋に恋するぽんこつ娘に、毒舌クールを装う元カノ、金持ちヘタレ男子とお人好し主人公——こいつら全員余命宣告済！？　命短い男女４人による前代未聞な多角関係ラブコメが動き出す——！
新作 **魔導人形《ホムンクルス》に二度目の眠りを** 著／ケンノジ　イラスト／kakao	操蟲と呼ばれる敵寄生虫に対抗するため作られた魔導人形。彼らの活躍で操蟲駆逐に成功するが、戦後彼らは封印されることに。200年後、魔導人形の一人エルガが封印から目覚めると世界は操蟲が支配しており——。
新作 **終末世界のプレアデス** 星屑少女と星斬少年 著／谷山走太　イラスト／刀 彼方	空から落ちてきた星屑獣によって人類は空へと追いやられた。地上を取り戻すと息巻くが、星屑獣と戦うために必要な才能が無いリュートと、空から降ってきた少女カリナ。二人の出会いを境に世界の運命が動き出す。

SWORD ART ONLINE
ソードアートオンライン
川原 礫
イラスト／abec
「これは、ゲームであっても遊びではない」
《黒の剣士》キリトの活躍を描く
究極のヒロイック・サーガ!
電撃文庫

アクセル・ワールド
川原 礫
イラスト／HIMA
accel World
もっと早く……
《加速》したくはないか、少年。
第15回電撃小説大賞《大賞》受賞作!
最強のカタルシスで贈る
近未来青春エンタテイメント!
電撃文庫

絶対ナル孤独者《アイソレータ》
THE ISOLATOR
realization of absolute solitude
「絶対的な、《孤独》を求める……
だから僕のコードネームは孤独者《アイソレータ》です」
『AW』と『SAO』に続く、川原礫の描く第3の物語！
Reki Kawahara
川原 礫
illustration»Simeji
イラスト◎シメジ
電撃文庫

第23回電撃小説大賞《大賞》受賞作!!

電撃文庫

おもしろいこと、あなたから。

電撃大賞

自由奔放で刺激的。そんな作品を募集しています。受賞作品は「電撃文庫」「メディアワークス文庫」「電撃の新文芸」などからデビュー!

上遠野浩平(ブギーポップは笑わない)、
成田良悟(デュラララ!!)、支倉凍砂(狼と香辛料)、
有川 浩(図書館戦争)、川原 礫(ソードアート・オンライン)、
和ヶ原聡司(はたらく魔王さま!)、安里アサト(86―エイティシックス―)、
瘤久保慎司(錆喰いビスコ)、
佐野徹夜(君は月夜に光り輝く)、一条 岬(今夜、世界からこの恋が消えても)など、
常に時代の一線を疾るクリエイターを生み出してきた「電撃大賞」。
新時代を切り開く才能を毎年募集中!!!

おもしろければなんでもありの小説賞です。

- **大賞**……正賞+副賞300万円
- **金賞**……正賞+副賞100万円
- **銀賞**……正賞+副賞50万円
- **メディアワークス文庫賞**……正賞+副賞100万円
- **電撃の新文芸賞**……正賞+副賞100万円

応募作はWEBで受付中! カクヨムでも応募受付中!

編集部から選評をお送りします!

1次選考以上を通過した人全員に選評をお送りします!

最新情報や詳細は電撃大賞公式ホームページをご覧ください。

https://dengekitaisho.jp/

主催:株式会社KADOKAWA

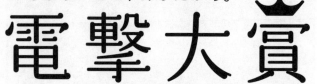